屋邨裏的人情味

周淑屏

屋邨裏的人情味
作者／周淑屏
策劃編輯／羅詠恩
美術設計／陳詩韻
插圖／野蛋
出版發行／突破出版社
香港沙田亞公角山路33號突破青年村
電話：2632 0000　傳真：2632 0388
電郵：breakthrough@breakthrough.org.hk
網址：http://www.breakthrough.org.hk
http://www.btproduct.com
承印／陽光（彩美）印刷有限公司
2021年10月初版1刷
2024年10月初版3刷

The Good Old Days
by Chow Suk-ping
First Printing, First Edition, October 2021
Third Printing, First Edition, October 2024

Printed in Hong Kong
ISBN 978-988-8562-55-8

本書採用環保油墨印刷

每一個
年輕人都應當
乘着夢想的
翅膀出航。

成長文學

目　錄

第一部分

梨木樹篇

楔子

我從唸中一那年起搬進梨木樹邨居住，住的是頂樓二十二樓的第一個單位 2201 室。露台外面就是標示第五座的那個大大的 5 字，幾乎伸手可及。

那時我常對同學仔說：「那個 5 字的油漆早已褪色了，現在看到的是我伸手出去重髹令顏色加深，令它變得更清晰的。」有些同學仔竟然相信！

我出生於旺角，在旺角的天台木屋成長。直到讀小學六年級時，媽媽申請到廉租屋（公共房屋），才舉家搬進去。當時只在旺角、太子一帶活動的我，完全不知道梨木樹在哪裏，問二姐，她說：「在葵涌。」

我問：「葵涌在哪裏？」她說：「在荃灣隔籬。」我又問：「那荃灣在哪裏？」二姐沒再理會我，跑開了。

大姐說：「在佐敦道碼頭或廣東道、新填地街附近乘

36B 巴士，到了總站就是梨木樹，到奶路臣街乘小巴也可以，總站也是梨木樹。」當時的我乘 36B 最遠只到過荔枝角，我戰戰兢兢地問大姐：「那乘 36B 要多久才到達梨木樹呢？」她答：「大概一小時吧！」我聽了嘴巴張得大大的，一時合不上來。

媽媽和兄姊到了梨木樹看環境選單位，都覺得十分滿意。雖然離我們住慣的旺角頗遠，但媽媽擔心放棄這次獲派機會的話，不知道要等到何年何月，於是只好接受。而且一直住在天台木屋的我們沒住過高樓大廈，因此，雖然可選的只有頂樓單位，而且電梯只到二十一樓，要走一層樓梯回家，但是可以從只有一百呎的天台木屋，搬到有二百多呎的高樓大廈，媽媽還是欣然接受的。

然而，因為媽媽擅取了我辛辛苦苦儲蓄了十二年存在小童戶口的利是錢去幫補新居的裝修費，而且要遠離所有的小學同學，我對於搬進梨木樹是有九十九個不願意的，而剩下那一個願意是媽媽強迫的。

搬進梨木樹之前，我要選升讀的中學，我當然想選在旺角的真光、銘基，但媽媽執意要選位於梨木樹的中學，説從梨木樹乘車回旺角上學，每天一來一回交通費太貴。

獲派中學放榜那天，班主任高聲朗讀同學獲派的中學：

這位同學獲派真光中學，恭喜！這位同學獲派銘基中學，恭喜！這位同學獲派華仁書院，恭喜！如願以償的同學拿着成績單，都喜孜孜地跳回座位。

輪到我的時候，老師一臉狐疑的看着成績單，良久，才叫我的名字。

「這間中學的名字怎麼沒聽過？它位於梨木樹？梨木樹在哪裏？你的成績比之前的同學都好，為什麼會選擇一間沒人認識的中學？」

老師唯一沒對我説恭喜，我也沒有像那些如願以償的同學般，拿着成績單喜孜孜地跳回座位，因為那只是如媽媽的願。

到學校註冊那天，媽媽拉着我的手，從第七座旁的樓梯拾級而上，足足爬了十五分鐘。當媽媽氣喘吁吁地爬到樓梯頂，語帶欣喜地對我説「終於到了」時，我想到的卻是：這長樓梯你只需要今天爬這一次，往後我上學可要天天爬哩！

當時沒想到這間籍籍無名的中學，日後竟成了曾有100% 入大學率的新界區名校，而就讀這間中學的時光，成為了我人生中的重要階段，學校的一些老師、同學，亦成了我的人生中影響深遠的人物。

我從唸中一時入住梨木樹邨，直至唸大學第二年才搬走，住了八、九年，在這些年的回憶中，給我印象最深刻的，除了唸的中學之外，還有常和同學去溫習的地方——位於第三座的明愛中心自修室、位於第九座的小童群益會，甚至商場底層的停車場……

此外，我和同學一起等 36、36A、36B 巴士的巴士總站；和同學去荃灣、深水埗、旺角、佐敦道玩等車的黃色小巴站；還有和家人、朋友一起品嘗美食的梨木樹酒家、特色快餐店；位於第二座與第四座之間的街市大牌檔、位於五座對開的小食檔……在在都充滿着我青少年時期的成長記憶，而從梨木樹邨的家爬到學校的長長樓梯，也成了鍛煉身體、熬煉意志、通往尋覓理想之路的階梯。

梨木樹邨的青澀歲月

剛搬進梨木樹邨時，我到處打探這裏有什麼社區設施，其中第九座的香港小童群益會是我第一個新發現，我還登記了成為會員。

名稱是小童群益會，當然主要的服務對象是小童，這裏有一個小圖書館，書架都是矮矮的，只有成年人一半的高度，座椅也是小小的，好像幼稚園的學生座椅一般。我初來這裏時，主要是從圖書館借書回家看，沒兩三個月，已經覺得找不到想看的書，因為這裏的書籍種類不多，而且多是幼童看的繪本，當時我已經是中學生，是少年，不再是小童了，自然不再有興趣。這裏也有一些活動給小孩子參加，但多是康樂棋、猜字謎、聽成語故事等，我也沒什麼興趣參加。

於是，我又去訪尋新的目標。第二個目標是位於第三座的明愛中心，比較起外觀較殘舊的第九座，第三座才剛建成不久，設施都更新更齊備，而明愛中心也是剛搬進去投入服務。

這間明愛中心提供的青少年服務，包括青少年輔導、各種興趣班和義工活動等等，還有一個可容納數十人的自修室，供邨內的學生自修之用。初時我會來這裏的自修室溫習和做功課，但是媽媽把我們幾姊妹管得很嚴，不准我們晚上外出，加上當年曾發生過在屋邨的垃圾房中發現女中學生屍體的事件，有三個還是中學生的女兒的媽媽，更是如驚弓之鳥般如臨大敵了。

有一次，因為家人都愛追看電視劇，電視的聲浪很大，嘈吵不堪，我在晚上六、七時到了明愛中心的自修室溫習。媽媽下班發覺我不在家，姐姐告訴她我到了明愛中心，她就跑來找我。在寧靜的自修室中，她一進來就扯開嗓門大罵：「在家裏不可以溫習嗎？跑來這個鬼地方幹什麼？一定是有壞朋友帶你來的，不知道要帶你參加什麼浪費時間的活動吧？女孩子晚上跑出來有什麼好事？還不快點跟我回家！」

我們家的長輩都沒讀過幾年書，甚至沒上過學，他們都認為書是不用讀的，只有蠢人才需要辛苦花時間讀書，而我在小學考到過第一名，該不是蠢人，所以也就認為我應該不需要讀書，不需要溫習了！

媽媽這幾聲罵，令全間自修室的人都向我看過來，我尷尬得想馬上找一個洞鑽進去，但當然找不到，於是我抱頭鼠竄逃出了自修室。這也令我往後的幾年都不敢再踏足任何一個自修室了！

之後的幾星期，我躲在家裏不敢外出，自然也不敢再到明愛中心了。因為當時申請了成為會員，中心負責青少年輔導的謝姑娘看到我幾星期沒去，又聽聞我被媽媽罵的消息，就打電話來問我發生了什麼事。我將事情的來龍去脈告訴了她，她就安慰我說：「你不可能因為這樣就不出去玩、不參加任何社區活動吧？你媽媽應該是擔心你晚上外出危險，才會有這種強烈反應的，你日間來參加活動，並且告知她你去什麼地方，就應該沒問題了。」

當時還是孩子的我當然不甘心每天呆在家裏，於是又去明愛中心參加活動。這次謝姑娘鼓勵我做義工。做義工有兩項選擇——服務比我年幼的小孩子，教他們做功課；另一個選擇是老人義工，幫助帶領一些老人活動，我選擇了後者。

我參與的第一個義工活動是教老人家做體操，我找來同學少文一起參加。少文是運動健將，她教老人家做體操最適合了，而且她的嗓門比我大，又不像我一般害羞怕生，她叫幾聲比我說十句更好。她是活躍好動的人，我跟她一說她就應承了。

中心安排了一個醫生教我們一些簡易的體操，還詳細地跟我們介紹了老人常見的健康問題和人類的體格結構，讓我們知道不能讓老人家做一些難度太大的動作，還教我們要怎樣避免令老人家受傷。這些體操都是很簡易的，來來去去都是那幾個動作，我和少文很快學會了，受訓兩三次，我們就開始「上工」。

老人體操班在第七座對開的籃球場進行，每星期兩次在上學前的半小時，我和少文就來這裏教老人家做體操。我特地早一小時起牀梳洗，一看到媽媽去上班，我就跑出門口，準時到達籃球場教老人家做體操。少文用她聲如洪鐘的喊聲教導和示範動作，我就在一旁觀察，改正老人家的錯誤動作。活動約莫有十多個老人家參加，他們都老當益壯，精力充沛，一邊做體操一邊說笑，令到這個半小時的體操班時間很容易過，我和少文也覺得這義工活動很有意義，樂此不疲。

幸而每一期老人體操班只為期三個月，因為之後要考試，我和少文都忙於溫習就沒有再參與了。考試之後，謝姑娘又來電話請我去做老人義工，這次是一次老人家的旅遊活動，我們只要負責在旅遊車上點人數和照顧老人家。到了旅遊的地點，有姑娘帶領他們參觀，也有表演嘉賓表演，我們只需在一旁觀看，有老人家需要上廁所時帶他們去就可以了。活動結束之後，我們還要負責送一些沒家人接送、自己又不懂回家的老人回家。

活動結束的時候，謝姑娘囑我送一位陳婆婆回家。這個老婆婆說話溫柔和氣，對義工們很有禮貌，和她傾談發覺她很健談，對我們這些孩子義工很客氣。

她就住在第十座，離我家很近，送她回家只是順道而已。送她回家時，她還客氣地請我坐一會，給我倒茶，又請我吃親戚從深圳買回來的石硤龍眼。

我津津有味地吃着龍眼時，陳婆婆的兒子回來了。陳婆婆跟我介紹說：「這是我的兒子阿邦，是我的獨生子。我年紀大了，就只靠他照顧我。他是一個孝順兒子，每天下班就回來煮飯給我吃，每次我要去覆診他也請假陪我去，晚上睡覺時又常常看我有沒有蓋好被。街坊都說他是一個廿四孝兒子呢！如果沒有他照顧，我真不知道該怎樣活下去了！」

然後她給兒子介紹說：「阿邦，這位義工小朋友是特意送我回家的，她也住在這屋邨，這小義工可很會照顧老人家、很細心哩！之前，她還和另一個同學仔一起教我們一班老人家做體操，她們就在我們樓下附近那長樓梯爬上去的那間中學讀書，都是品學兼優的好學生哩！」

這時我放下手中的龍眼抬頭一看，看清楚她的兒子，之後我整個人怔住了，口中的龍眼核差點把我噎死！我忘了打招呼，忘了感謝婆婆的龍眼，匆匆丟下一句「我要回家了」，便奪門而出。

我怎會這麼沒禮貌又這麼狼狽逃生呢？這是另一個故事……

＊＊＊＊＊

每天上學，從我家的第五座要走到第七座，第七座旁邊有一條長長的樓梯，花近十五分鐘爬近百級樓梯才回到學校，而必經之路是第七座的籃球場。某天，可怕的事情發生了，經過這籃球場時，遠遠已看見一個男人站在樓梯旁，走近時，竟發現那是令我們學校的女生聞風喪膽的一個露體狂！

他每次看見穿着校服的女生出現，都會突然拉開風褸的拉鏈，聽到女生的尖叫聲，他就露出猙獰的面目，猙獰的大笑！我見到過他兩次，第一次是大叫着跑上樓梯，上樓梯後，我覺得大叫着跑開只會令他感到滿足，然後食髓知味，我告訴自己下次再見到他時，要保持鎮定，若無其事。

果然，幾天後又在樓梯口見到他，他重施故技，我沒再大叫，只是不屑地呸一聲就繞過去。後來想想，這也不是辦法，於是在下課後跑去報警。

報警後的第二天，警署派來了女警和我一起上學。女警當然是穿着便服的，遠遠見到那人在樓梯口出現，我就指給女警看。她走近去，那人卻沒有拉開風褸的拉鏈，還很有禮貌的跟女警打招呼！

放蛇行動失敗，女警跑來跟我煞有介事地分析說：「也許是我太正氣，殺氣太大，他看到我不敢拉開風褸的拉鏈。我這次行動失敗了，沒辦法了！」

當時的我相信自己分析能力比她強，我說：「他應該是專挑穿校服的女生下手的，不如你明天穿上校服再來，就應該逮到他了！我可以向身形高挑的同學借一條校服裙給你穿。」

聽了我的話，女警像受了驚似的說：「你要我穿校裙演出校服誘惑？我已經三十多歲了，女兒也快有你這麼大了！小妹妹，還是算了吧！這些露體狂就算拉了他也不一定告得入，不如算了吧！我看他知道今天你帶了我來，該也想到我是警察，他該不會再這麼放肆的了！就此告一段落吧！」

這事當然沒有就此告一段落，第二天我上學時，還是遠遠的看到那個人，於是我決定每天多花十五分鐘，兜一個大圈去走屋邨外圍那長長的斜路回學校，那真是繞遠路，得多花十五至二十分鐘。為了不遲到，我都是跑着回校的，然後，我以為這件事真的可以告一段落了。

怎料，這天送陳婆婆回家，竟發現這個露體狂就是陳婆婆的寶貝兒子，是她口中的孝順兒子，是唯一可賴以安度晚年的兒子！

從陳婆婆家裏跑出來之後，我心裏有很大的掙扎，其實很想去報警抓他，因為我知道這個人住哪裏，也清楚記得他的面貌，相信如果去作證人，是有機會令他入罪的。但是如果他真的罪名成立，被拉了去坐牢，他的媽媽不是沒人照顧了嗎？以後誰每天下班回來煮飯給她吃？誰每次在她覆診時陪她去？誰會在晚上睡覺時看她有沒有蓋好被？而且，知道自己心目中的孝順兒子竟然做出這樣的事，陳婆婆一定會十分傷心難過，她以後又怎樣面對鄰居呢？想到以後這老人家每天孤獨一個人在家守候，盼望兒子歸來的孤獨身影，我便猶疑了 。

在正義感和同情心不能兩全的考量之下，少年的我思想比較單純，就選擇了同情心。現在的我當然不會這樣選擇，但是當時的我作出這樣的抉擇後，內心是坦然的。

很奇怪，這天之後，我和同學再經過第七座樓梯旁時，沒再見到那個露體狂了，也許當我看到他驚呆了的時候，他同樣是感到驚訝的，被受害人發現了自己住在哪裏，還認識自己的母親，也許想到會讓最愛的母親失望，他也因而警惕自己吧！

屋邨小巴站和五座前斜路上的記憶

中四那年，媽媽重病住院，在醫院裏在院牧的引領下洗禮，然後，我也成了基督徒。

之後，母親病故。父母雙亡的我感到只有上主可以信靠，更加虔誠，且成了學校團契的副團長。

在向同班同學都傳過福音，或成功或失敗之後，我將目標轉向鄰班同學。其中一個目標，是已經由聲名狼藉進展成惡名昭彰的大光。

當時的我對於傳福音火熱，是勇往直前的。

那時午飯後上課前，當我走近大光時，有三個常和他一夥的男生站在他旁邊。

頓時，身邊響起口哨聲！我當時在校內不算是風頭躉，可是，一間道教學校裏的基督徒團契的副團長，還是大家都知道的。

「WOW，連神婆都衝着你而來，大光你的魅力真的沒法擋！」

「她鐵定要為你這魔鬼拋棄基督了。」

身邊的男生你一言我一語，卻沒令我裹足不前。

「四乙班的『周高分』，團契副團長。」我自我介紹。

大光沒答話，卻聳聳肩，做了一個「那又怎樣？」的表情。

「下星期五下課後我們的團契有一個佈道會，想邀請你來參加。」我選擇單刀直入。

「我不接受不是朋友的邀請的。」大光答。

「怎樣才算是你的朋友？」我問。

「我約會過的！」大光答，身邊的人又一陣起哄。

「好的，這個星期五黃 Sir 莒光中樂團在荃灣大會堂有演出，我約會你。」我説得毫不含糊。

「阿弟，這個星期五有沒有其他女孩約了我？」大光霸氣地轉頭問旁邊的男生。

「剛巧沒有，大哥。」那男生答。

「大哥，不怕這『神婆』度你升天嗎？」大光身旁的一個男生説。

「怕什麼？我不入地獄，誰入地獄？」大光故作瀟灑地説。

「那麼，一言為定，不見不散。」我朗聲説。

*****

星期五那天，我提早十分鐘到達小巴站乘車到荃灣，希望早些到，不想給大光留下基督徒也不守時的印象。

我住在學校附近，四時下課，八時演奏會才開始，下課後我回家休息了一會，換了衣服，七時才離家。

從在第五座的家走到小巴站，再乘小巴到荃灣大會堂車程約花半小時，我約了大光 7：45 在大會堂門口，加上等小巴花約十分鐘，所以七時出門剛好。

到了小巴站，等車的人龍很長，我數了一數，自己剛好是第十五個（當時的小巴是十四個座位的），該上不到第一部小巴，要等下一部了。

等了約莫七、八分鐘，我看見大光從學校的斜路方向跑來，氣急敗壞地朝排隊的人看。

當時我想：他是在找我嗎？他為什麼找我呢？他怎麼看不到我？我該叫他嗎？如果他不是找我的話，我叫他不是很奇怪嗎？

當我這樣想的時候，看見大光又匆匆地朝學校的方向跑回去了。

那些年沒有手提電話，而我又已出家門了，大光臨時有什麼想通知我只可以跑去找我，此際，我想到自己前面站了一個身形魁梧的大漢，會不會因此令大光看不到我呢？

怎樣也好，我後悔剛才沒有叫大光，但後悔已太遲了，第二架小巴已來了，我只好上車。

7：40 到達荃灣大會堂，等了又等，直到八時演奏會開始，還沒見到大光，我愈來愈後悔了。

大光一定是在學校裏有事要延遲，才跑到車站找我。他是綠社的總務，也是班會的康樂，也許社務、班務延遲，抑或，他被老師罰留堂？班會要做壁報板？

我不喜歡別人約會遲到，平時的情況一定不會等了，逕自進場看演奏會，可是剛才看見大光匆匆跑來，而自己沒叫他，自己也有點理虧，説不定他正在趕來呢？演唱會十五分鐘開場後會有些遲到的觀眾入場的時間，就再等一下吧！

8：15，我看了不止十五次手錶，遲到的人都一個個進場了，還是看不到大光的身影。令我感到尷尬的是還有不少同學來捧黃 Sir 的場，他們看見我都問：「怎麼不進場？在等誰嗎？」

為免尷尬，我轉到演奏廳入口的側面等，掙扎過許多次要不要自己先進去，但是最終以這句話説服了自己等下去——「如果他只會遲十多分鐘，就不用大老遠從學校跑去車站通知我了。」

我決定等到中場休息的時間，如果大光那時才到，仍有半場演奏可看，而且中場休息後入場該沒有人會發覺。

為什麼要等他一個小時呢？如果大光失信不來……或者他其實想跑去告訴我赴不了約的話……哼，我就是要讓我的守信讓失信的他慚愧。看，我們基督徒能信守承諾！你慚愧了吧？慚愧的話下星期的佈道會一定要來——我就是這樣説服自己等下去的。

然後，中場休息開始，完結，觀眾再度入場，演奏廳的大門再度關上。

「我還要繼續等下去嗎？」這句話，問了自己不下二十次。我想起了中文科的楊老師對我説過一個關於「尾生」的故事。

春秋時，魯國曲阜有個年輕人名叫尾生。尾生為人正直，樂於助人，和朋友交往很守信用。後來，尾生遷居梁地，他在那裏認識了一位年輕漂亮的姑娘。兩人一見鍾情，君子淑女，私訂終身。但是姑娘的父母嫌棄尾生家境貧寒，堅決反對這門親事。為了追求愛情和幸福，姑娘決定背着父母私奔，隨尾生回到曲阜老家去。那一天，兩人約定在韓城外的一座木橋邊會面，雙雙遠走高飛。黄昏時分，尾生提前來到橋上等候。不料，六月的天氣説變就變，突然烏雲密佈，狂風怒吼，雷鳴電閃，滂沱大雨傾盆而下。不久山洪暴發，滾滾江水裹挾泥沙席捲而來，淹沒了橋面，沒過了尾生的膝蓋。城外橋面，不見不散，尾生想起了與姑娘的信誓旦旦；四顧茫茫水世界，不見姑娘蹤影。但他寸步不離，死死抱着橋柱，終於被活活淹死。

我要成為尾生嗎？我要攬着柱子為他死去？此時，站得腳也要報廢了，於是挨着放節目宣傳單張的櫃檯坐着。

我要等下去，而且不要苦苦地等，要快樂地等，等他兩個小時，一定能感動他，也許還能得到神的喜悅和稱讚。

於是，我拿了一大疊節目宣傳單張，挨坐到一旁，翻呀翻，有些更仔細閱讀，直至把二十多張單張都看完。

然後，我還把大會堂內的宣傳海報都看了一遍。不久之後，演奏會完了，演奏廳的大門打開。我連忙閃到一旁，怕再遇上同學會尷尬。

好了吧！仁至義盡了，自己的守信比得上尾生，對得起神了。抬起那雙痠軟的腿，對自己說：回去吧！

為免遇上同學，我等所有觀眾散去才離開，但當我走到大會堂門口時，後面一把聲音叫住我。

「你真的還在這裏！」大光大叫。

我驀然感到自己很愚蠢，想撒個謊説：「我剛看完演奏會出來。」

但謊沒撒成，因為大光説：「你竟在這裏等了兩個小時，剛才那個同學告訴我，我還不信！」

噢！竟被發現了，原來有個同學看到我一直站在附近等待！

「真有你的，你是守信的人。我也不是不守信呀！因為要趕做班會壁報，肯定要做到八時多，我打電話到你家，你姐姐説你已經出了門口，於是我馬上跑去小巴站，也趕不上你，也許那時你已上了小巴，在路上了……」

「沒有呀！我還在等車，我看到你跑來……」我囁嚅。

「看到我你怎麼不叫我！」大光反而責怪起我來。

「我……」我實在想不到什麼理由去解釋。

「你的頭腦十分紊亂不清呀！你那時叫住我，就不用自己等兩個小時了。」

我鼓起了腮，説不出話來。

「唉，看在你等了我兩小時份上，我請你吃東西吧！」大光說。

他不是邀請我到餐廳吃東西，只是買了兩瓶汽水和一包燒賣、魚蛋，帶領我到附近楊屋道公園，坐在長凳上吃。

那時已經晚上十時多，大光嘰嘰呱呱的談着自己做壁報的瑣事，一個多小時的談話，讓我知道原來大光很喜歡中史科，而且成績不錯。他還喜歡看柏楊寫的書，把他的整套《中國人史綱》也看完了。

談呀談的，竟到了十一時，大光說：「我送你回去。」

小巴上，我按捺不住問：「你為什麼那麼愛犯校規？」

「我犯什麼校規了？」他理直氣壯。

「談戀愛。」我說。

「校規上有寫着中學生不可談戀愛？再者，什麼是戀愛你知道嗎？愛，怎樣定義？」

我想唸〈哥林多前書〉十三章的「愛是恆久忍耐，又有恩慈……」但自己從來沒戀愛過，大光一定會說我沒說服力。

「不可談戀愛沒寫在校規裏，可是校規有規定男生不可電髮，訓導主任何 Sir 也説過……」

「我沒有電髮呀！那天跑完步太累，回家洗了頭沒等頭乾就睡了，醒來頭髮就全鬈曲了。我對何 Sir 也這樣説的！」他説時眼也沒眨一下。

我瞪着他看，想不到話來反駁他。

小巴到了總站，大光陪我走了一小段路，到了我住的攀上第五座的斜路前，大光説：

「不是交往對象的女生只能送到這裏，不能送進她住所的十米內。你自己走上去吧！放心，我會看着你進入大廈才離去的，有什麼事就大聲叫吧！」

對於大光的歪理，我沒有反駁的餘地，大光肯送到這裏，已經十分感激了。

五座籃球場前的小食檔

童年時的我，是個孩子王。

為什麼說是孩子王？因為我那時頑皮、「霸道」的劣跡，罄竹難書。

在家裏，我是老么，有兩個哥哥、兩個姐姐，家裏大人多，除了媽媽、姑母，還有姑婆，他們都疼我，因為，在我出生後不到一年，爸爸就因病去世，姑母常邊哭邊說：「弟弟死了，你們家再不會有小孩啦！這個最小的，一出生就沒有爸爸，一定要待她好一點，補償她失去的父愛啊！」

除了是家中老么、爸爸的最後一個女兒之外，還因為我小時候體弱多病，長得瘦、個子又小，什麼哮喘、氣管炎等集於一身，由兩歲到十二歲也揮之不去，多走兩步還會氣喘，因此被特別恩准免做家務；因為跟人多吵兩句又會氣促、臉色變藍，大人們都吩咐家中眾小孩要多多遷就我，對我處處忍着點兒。

說完我為什麼成為孩子王之後，要數算一下孩子王的惡行。

孩子王吃的每一頓飯從來只有她最愛吃的菜，小時的我很偏食，愛吃的菜，只有叉燒、蕃茄煮牛肉、糖煮麪豉等數種。因為我瘦小體弱，姑母和媽媽很着緊要我多吃，可是，買了別的菜，我會躲起來不吃飯。她們拿我沒法子，於是，每晚飯桌上也總是叉燒、蕃茄煮牛肉、糖煮麪豉，我不愛吃的菜式，從來不會出現在飯桌上。

每晚吃飯，哥哥姐姐們通常是一看見菜餚便歎：「又是叉燒、又是蕃茄煮牛肉……」

孩子王從來不做家務，只是坐着等吃，或者只顧玩，家人弄好飯後還要三催四請，我才肯稍移玉步吃飯去。

還有更厲害的是，就算沒人和我玩，我也不肯乖乖做功課，寧願躲懶看卡通片、睡大覺去。每當功課做不完，又差點到睡覺的時分，姑母亦總是對我說：「先去睡吧！不然睡不夠又容易生病了。」然後，吩咐哥哥姐姐幫我做功課。

孩子王的惡行，現在說起來，也有點難為情。孩子王還非常不講理，直到升上了中學，一家搬進了梨木樹邨，我當時已是中一生了，惡行還是不改。

那時候，在我們住的第五座旁籃球場前有很多小食檔，每逢下課、下班的時段就會開檔，像遍地開花。

有一回，我下課路經小食檔，想去看看最愛吃的生菜魚肉檔子，竟發現媽媽捧着一個小瓦碗，在吃生菜魚肉。

不知怎的，那一刻，我的反應很大，好像發現了一件不可思議的事：媽媽竟偷偷在吃生菜魚肉！

在孩子眼中的大人，也是只吃「正餐」，不愛吃零食的，不是嗎？他們常常不准孩子吃零食呀！

而且，孩子眼中的大人，甚至不太愛吃東西。他們下班後趕着買菜、趕着弄晚飯，才坐下來匆匆吃幾口飯菜，便放下碗筷趕着去忙別的事，大人們不都是不愛吃東西的嗎？

我每次吃冰淇淋、冰棒、喝汽水，都給媽媽罵，説這會令我的哮喘惡化，説小孩子不該吃零食，可是，為什麼媽媽竟會在街邊偷吃生菜魚肉？這令我十分困惑。媽媽，一直也希望把一切好吃的留給我。吃芒果時我吃果肉他們吃核、吃叉燒時我吃瘦肉他們吃肥肉，什麼我愛吃的，他們也只會讓給我，可是，媽媽為什麼會背着我吃生菜魚肉？也沒有告訴我，也沒有帶我來一同吃，更沒有買回來給我，媽媽到底是怎搞的？

回家後，我把事情告訴哥哥、姐姐、鄰家小孩，我告訴他們：「今天，我竟然看見媽媽在街上吃生菜魚肉！」

他們也沒什麼反應，只是說：「那又怎樣？」

我想說：「媽媽竟然沒帶我去、沒告訴我，背着我一個人去吃生菜魚肉！」可是，說了也沒用，他們不會明白我為什麼這麼震驚。

過了兩天，我又看見媽媽在吃生菜魚肉，這一回，我氣沖沖的走過去，對她說：「媽媽，你為什麼一個人在這裏吃生菜魚肉？」

媽媽看見我鼓着腮、嘟着嘴，於是請賣生菜魚肉的伯伯也給我一碗，並說：「媽媽以後每次來吃也帶你一起！」

這次之後，沒再在樓下檔子遇上媽媽，卻是她隔兩、三天便會買生菜魚肉回來給我。我問她：「你吃了嗎？」她說：「在下面吃了才買回來給你的。」

原來，實情不是這樣的。

一次媽媽和姑母一起清潔廚房，我在門外面玩，聽到姑母對媽媽説：「聽你説過樓下的生菜魚肉很新鮮，我也吃過一兩回，真的不錯啊！你也常去吃嗎？」

「沒有了。」媽媽淡然説。

「為什麼？」

「原來小妹也愛吃生菜魚肉的。這陣子酒樓生意不好，分到的獎金少了，家裏開支大，能省便省。本來也是把錢省下來嘴饞吃一兩回的，既然小妹也愛吃，就留給她吃。」

「是嗎？既然你的收入少了，那我也省一點吧！我也不去吃了，幾個孩子上學開支大，我們大人能省便省吧！這陣子常加班，下了班肚子餓便想吃點什麼，可是，這也只是一會兒的事罷了，餓一會，晚上吃幾口白飯便算了。」

孩子王縱是野蠻愛鬧，但對姑母、媽媽這番話是不會聽不明白的。

此後半年間，孩子王沒再吃過她最愛吃的生菜魚肉，她告訴媽媽已經不愛吃了。直至半年後的一個母親節，孩子王才再在樓下的生菜魚肉檔出現。

那一年，姑母和母親得到的母親節禮物，不是鮮花、圍巾，而是每人一碗熱騰騰的生菜魚肉，孩子王明白到大人不是不愛吃東西，不是不愛吃零食，只是為了孩子，自奉儉約、自我犧牲，把一切最好的留給子女。孩子王也明白，除了兩碗熱騰騰的生菜魚肉，也該用體諒、懂事來回報處處維護自己、愛惜自己的親人。

杏仁糊的遺憾

小時候，住在梨木樹邨。

那時候在屋邨空地擺賣的管制沒有現在那麼嚴格，某些有利位置，時常聚集上七、八檔小食檔，通常是下課、下班的時段吧！小食檔有賣生菜魚肉、碗仔翅、牛雜、糯米飯、魚蛋、糖蔥餅、龍鬚糖的，大人下班會在這裏先吃點什麼才回家，小孩子，學生，口袋裏一有零錢就會在這裏打轉。

在這開檔賣點什麼的人當中，有夫妻檔，二人同心合力，其利斷金；有一家大小出動，父母負責烹調、孩子負責洗碗、「打包」的；也有祖孫三代齊心協力的「大檔子」；當然，還有只是一個人做買賣，做獨腳戲，令客人不免要多等一會的「個體戶」。

曾幾何時，這片屋邨空地的某一角落，多了一個賣糖水的張大嬸。她沒有多餘的器具，只有一架木頭車、兩個大暖瓶和瓦碗、瓦匙、膠碗、膠匙。兩個大暖瓶，一個盛了芝麻糊，一個盛了杏仁糊。

張大嬸不叫賣，只是路過的人看見有新檔子，知道是賣糖水之類，都會好奇的來問：「賣的是什麼？」

張大嬸都會柔聲答：「是自己磨自己煮的芝麻糊、杏仁糊，很滋潤的。」

那時我們小孩子最愛吃的都是魚蛋、牛雜等味道濃烈的零食，對於所謂清潤有益的糖水，都不願意花可以買好幾串魚蛋的錢去品嘗。

倒是有一天下課回家，看見媽媽在吃杏仁糊。

媽媽說：「這杏仁糊真是自己磨的，不是用水沖調的，很香、很滑、很清潤啊！」

對時常要捱更抵夜工作的媽媽來說，這種甜品，不單是一種補品，對勞工階層女性來說，對皮膚有滋潤作用的杏仁，更是最廉宜的補品、護膚品。

那個時候的勞工階層，怎會有錢買奢侈的補品？一碗清潤的杏仁糊，已經是媽媽犒賞自己辛勞工作的美食了。

每次看見媽媽一口一口的慢慢品嘗，連吃剩黏在碗上的，也翻轉碗來讓杏仁糊沿着邊緣滴成半小匙，很珍惜的吃下去，都會想到，那是年輕喪夫、沒有丈夫疼愛的媽媽，在辛勞過後唯一疼惜自己的方法。

媽媽看到我那副饞相，以後每次買杏仁糊給自己時都會多買一碗芝麻糊給我，當時兩個哥哥去了當學徒，兩個姐姐上了中學，初升上中學、在家附近上學的我最早回家，午間從工作地方回家休息的媽媽，會為我買些吃的回來。有些時候，她怕姐姐知道了會説她偏心，總是跟我説：「快點吃，別讓姐姐回來看見。」

如此這般，媽媽和我一個吃白色的杏仁糊，一個吃黑色的芝麻糊，成了只有我和她分享的秘密。

有一次，下課經過小食檔，遇上媽媽正在買杏仁糊，她對我説：「不如這次就在這裏吃，不用買回去了吧！」

本來已盛進膠碗的杏仁糊倒進瓦碗內，又用另一個碗盛芝麻糊給我，這時，張大嬸對我和媽媽説：「你們母女倆長得真像呢！」

媽媽和我相視而笑，我覺得那天的芝麻糊格外香甜。

那天開始，我每次路過小食檔，也會看看媽媽是否在那裏，遇上了，便一起吃糖水。

然而，自從哥哥、姐姐來學校找我，説出媽媽病了的消息後，我沒有再和她一起吃糖水了。

此後下了課沒再到小食檔流連，而是趕往醫院探媽媽。某一天，當我坐在牀邊看着日漸乾瘦的媽媽時，她對我說：「很久沒吃杏仁糊了。」

因為媽媽進了醫院，哥哥沒有天天給我零用錢，我沒吃早餐，儲了幾天，才足夠買杏仁糊給媽媽。可是，那天不知怎的，張大嬸的杏仁糊特別好賣，我去的時候，已經賣完了，張大嬸對我說：「杏仁糊賣完了，芝麻糊好嗎？」

我拿着暖瓶盛着的芝麻糊，急急趕乘巴士去醫院。到了醫院，媽媽見我拿着暖瓶，有點雀躍地問：「是杏仁糊嗎？」

可是，當她看到倒出來的是黑色芝麻糊的時候，她的臉色沉了下去，對我說：「你自己吃吧！」

那個晚上，因為買杏仁糊花掉口袋裏所有的錢，沒錢乘巴士，我從荔枝角的瑪嘉烈醫院走路回梨木樹的家，看着手中的暖瓶，豆大的淚珠從臉上掉下來，長長的路程，一個人邊走邊拭淚。

之後，我還是將吃早餐的錢儲起來，想着下課後一定要早點趕去買杏仁糊，可是，還未下課，老師便告訴我：你的哥哥姐姐來了找你。

默默隨着哥哥姐姐乘巴士，哥哥告訴我，媽媽已經很危險了。

時光流逝，往事依稀。如果，往日的日子曾留給我什麼遺憾，也許，那是關於杏仁糊的遺憾。

如果，有人對我說起「樹欲靜而風不息」的話，我所想起的，大概仍是關於一碗杏仁糊的遺憾。

帶你認識——梨木樹邨

地理位置：

新界荃灣區上葵涌和宜合道

簡介：

第一代梨木樹邨共有十四座大廈，分為兩期：第一期為第七至十四座，第二期則為第一至六座；所有單位皆有獨立廚廁。第七至十四座在一九七〇年十一月開始陸續落成啟用，屬政府廉租屋。

由一九七九年第一季起，香港地鐵（現港鐵）荃灣綫動工，部分位於荃灣市區內的鄉村要清拆，故此香港房屋委員會在梨木樹邨內空地，加建了三座樓宇，並於一九八〇年二月落成入伙，以安置受影響住戶，是為第二代梨木樹邨。

按照政府在一九八七年發表的《長遠房屋策略》，香港房屋委員會開始「整體重建計劃」，而第一代梨木樹邨的重建工程亦於一九九五年六月展開，將第七至第十四座分期逐步拆卸，而新建的和諧式樓宇於一九九六年至二〇〇五年間陸續入伙。

現時，梨木樹邨分為梨木樹（一）邨、梨木樹（二）邨以及梨木樹邨，三條邨合共有十九座樓宇，按人口及單位數目計算是現時荃灣區最大公共屋邨。

邨內及附近設施：

* 梨木樹商場
* 和宜合道運動場
* 北葵涌賽馬會泳池
* 北葵涌公共圖書館
* 北葵涌街市

邨內及附近中小學：

* 聖公會李炳中學
* 可風中學
* 嗇色園主辦可信學校
* 聖公會主愛小學（梨木樹）
* 梨木樹天主教小學

著名居民：

* 前食物環境衛生署署長梁卓文
* 前立法會議員郭家麒
* 藝人張文慈、羅嘉良、劉鳳屏、沈卓盈、文詠珊
* 香港足球代表隊隊員盧均宜

第二部分

石蔭篇

他的童年與煎釀三寶

中學的一個舊同學常説自己是古墓派掌門人，肺炎疫情肆虐期間，足不出戶，每天在家自煮早午晚三餐，時常用 Signal 傳來自製餃子、菠蘿包、糯米包的相片，令我垂涎三尺。窮極無聊時，他也喜歡懷舊，回想起小時候住在石蔭邨的情景。以下是他零零星星、拉拉雜雜的記憶。

「石蔭邨很近城門水塘，所以小時候經常和同學上去引水道玩，捉魚、放風箏，捉豹虎互鬥。近年經常見到馬騮在安蔭邨偷食物，你可以想像石蔭邨離石梨貝水塘也不遠。」

「七座下面的遊樂場是小朋友和家庭玩和散步的地方，晚上一家人買兩枝孖條，在遊樂場上閒聊是經常見到的狀況，現在的公屋很少能找到這樣大的地方。」

「每逢中秋節，遊樂場到處都有人玩燈籠、蠟燭、燒粉筆等，沿着山路上城門水塘的路都像掛了綵燈一樣，連綿不絕。」

「那個時候樓上樓下都很熟，會互相照顧彼此的小朋友，好多時同學都分佈在不同樓層，互相到彼此的家中玩。」

「我都有些同學住在六座，地下有小童群益會，是很多人會去溫習和玩的地方。旁邊的地方是下雨天我們學校早上排隊集會的地方，在六座正對面，是現在巴士站對面的地方。」

「我讀的小學是新會古井同鄉會達善小學的下午班。天台是自然閣，種了好多植物，包括我們以為是食人花的豬籠草。」

「小時候，沒什麼娛樂，除了上山玩之外，會去石蔭社區會堂（現在的北葵涌健康院隔籬），通常打乒乓球，這是當時很流行的活動。現在安蔭邨的位置應該是一塊大空地，是小朋友踏單車的地方，當時可以在那處租單車。小時候好多人養葵鼠，經常會帶牠們去公園草地食草，我也曾養過。」

*****

他拉拉雜雜的回憶，以在石蔭邨六座對開空地小食檔賣煎釀三寶的往事最有趣。

「昨天在電視節目中看到一個男藝人的訪問，才知道原來他小時候和我一樣住在石蔭邨。之前在電視劇裏看到他的演出已經覺得面善，因為小時候放學後在檔口幫手，那時在石蔭邨六座對出擺檔，正中位置有一檔賣燒臘的，是兩夫婦和兒子一起賣的，但那個兒子應該不是他，應該是他的哥哥。父子的樣貌十分相似，在訪問的尾段他說出自己小時候住在石蔭邨，更令我恍然……」

他傳給我訪問的片段，我問：「是那個 XXX ？」

他答：「是啊！那時他家在石蔭邨六座對出擺檔賣燒臘，我們家賣煎釀三寶。」

我說：「你們家賣煎釀三寶，我和同學都曾光顧，只是見到你看檔時我們才會購買，因為你會多給我們幾塊炸魚蛋。」

由此，我們展開了關於從前石蔭邨六座對出小食檔的對話，那該是七十年代末、八十年代初的事了吧！

「你知道嗎？那時夏天賣椰汁的那一檔，用來做椰子汁的水，都是從屋邨垃圾房的水喉載的，即是水喉水，是未煮過的！」

「我不相信！我從前時常在街邊檔買椰汁喝，你不要嚇唬我！」

「這是真的，沒有騙你！車仔麪檔煮麪的水都是從垃圾房的水喉載的，只是那些用來淥麪的水會不斷在爐上煮，該會好一點吧！但是賣椰汁的哪會浪費柴火把水煮滾，煮滾了的話還要花時間讓它放涼，否則要多花許多冰塊。攤檔小販只賺一分幾毫，人手不足，怎會這樣花時間花工夫花錢！那時又不流行蒸餾水、濾水器什麼的，而且就更花錢了，哪及得上直接從垃圾房的水喉取水用那麼省時省事！」

「你小時候在小食攤檔看到的太黑暗了！」

「牛雜檔用來煮牛雜的水也一樣，那時的小食攤檔烹調食物的方法有很多秘密，不足為外人道，生活逼人，搵食艱難嘛！至於我們怎樣烹調煎釀三寶，那是商業秘密，我不會説的。」

「街頭小食好吃便行，哪有人會理會背後這麼多！你不要再破壞我對街頭小食的美好回憶了！」

「所以我從來不會在街邊攤檔買椰汁來喝，否則喝到的可能是從垃圾房的水喉取的水，加入椰精和冰製成的！」

「我買來喝的椰汁都是現榨的，看着檔主放切片的椰子進去現榨的才買，通常在旺角、佐敦的店舖買。還記得佐敦有一檔賣椰汁和木瓜奶很有名的叫大有益。」

「當然有些攤檔是真的用椰子肉榨椰汁的，但也有很多只是像表演一樣現榨給顧客看，其實真正賣給你喝的是用椰精加強椰子味的。至少我當年在石蔭邨六座對出小食檔看到賣椰汁的攤檔的情況是這樣的。」

「是這樣嗎？所以我都不敢吃街邊檔的牛雜、豬大腸……」

「現在外面賣的煎釀三寶的魚肉多不是自己打的，都很『化學』……，我們當時真的是從魚檔一籮籮鯊魚買回來劏，沒有鯊魚的話就買其他雜魚。」

「你説的這些都很有趣，可以多告訴我一些關於在石蔭邨六座對出小食檔做生意的軼事嗎？」

*****

接着，朋友便侃侃而談：煎釀三寶我由細整到大，因為我家就是在六座對開擺檔攤賣這些，中學年代我放學後校服也來不及換就要去檔口幫手，最初只做夾食物入袋和收錢、找續，到再大一些爸媽就叫我炸煎釀三寶，那時我並不喜歡下雨天，因為雨下到油鑊上會爆起滾油，我的手因此不知被燙傷多少次了。

小販檔口好多都是木頭車來的，我家那個檔口也不例外，是用鐵釘釘上木方、木板砌成的，四周和面層用鋅鐵片或膠地席包裹好便行，這樣可以方便清潔。我家檔口那架木頭車就一定要用鋅鐵造，因為上面要放火爐嘛！這麼多年來，木頭車由新變舊，用壞了又再造新的，都不知道造過多少架了！

木頭車的面層要開一大一小兩個洞，其中一邊的大洞用來置放爐具，主要是一個打氣火水爐和一個大圓鑊，近車面中間開一個寸多兩寸的小洞直落到車底，用來插一把太陽傘，這是很重要的，因為除了遮太陽擋雨外，還可以抵擋屋邨樓上那些百厭星擲下的水彈。被水彈弄濕身子事小，一旦水彈掉進油鑊就糟了，激起的滾油非同小可，首當其衝的當然是負責炸煎釀三寶那個。那些水彈是用膠袋盛了水造的，膠袋掉進油鑊中遇熱就會溶掉，水溝進滾油中會爆濺得很遠很厲害，萬一弄傷了食客，街坊就分分鐘要叫救護車擔架來，那便會引起軒然大波！

其實把太陽傘是用布造的，下小雨時可以遮擋，但下大雨時，雨水就會從傘底滴落油鑊，所以要常備多塊又大又長的帆布，除了要覆蓋傘面，還要四周夠大，遮蓋得到炸好已上盤的食物，還要蓋住其他生財工具，例如竹籤、調味兜、紙袋，特別是未炸的食材，原因是一來食材弄濕了就難黏上魚肉，二來沾了水下鑊就會有危險，尤其是豆腐！

接着，不如談談最有趣的食客眾生相，平時都會有客人擅自將買了或未買的食物自行放入油鑊，主要是想加熱和令食物香脆一些，這也是情有可原的，我們通常也不會阻止客人這樣做。但一到下雨天就會出現問題，一來食物較易涼掉，二來食物會被雨水沾濕。如果客人要求我把食物放入油鑊加熱，而當時又不影響個油鑊操作的，我都會幫忙，主要是因為我可以控制整個過程，就會安全得多，然而，也有很多不受控的例外情況。

下雨天會有如前所述食材被弄濕的問題，食材弄濕了難以黏穩魚肉，就算炸的時候魚肉沒分開，放在餐盤中客人挑來挑去，用竹籤拮多幾次，魚肉也會掉下，有時我都會把掉下的魚肉平一些賣或免費送給客人。但是有些客人就會趁下雨情況較混亂，乘我不覺時，除了拮一串完整的，還會拮旁邊散落的魚肉，這些貪小便宜的人，在下雨天就比較多見。

有一些客人（多是女孩子），她們又怕熱又怕油，就會把整串煎釀三寶遠距離拋進油鑊中，令到油花四濺，油光閃爍，站在旁邊的我要在千鈞一髮之間慌忙走避，多危險啊！

有些客人挑選食物時會用手指觸摸食物，看看是否夠熱，但有時剛炸好的混雜在其他已放暖或放涼了的食物當中，目測未能分辨到，用手指觸碰到剛炸好的就有可能被燙傷，萬一客人痛得大叫甚至要求賠償就茲事體大了！

更有一些離譜、自私又罔顧衞生的客人，乘雨天我們忙亂時，還未付款便試吃，竟把自己吃了一口但覺得不夠熱的煎釀三寶偷偷放回鑊中，有時我不為意，就會把炸好的一批煎釀三寶連帶那客人咬了一口又偷偷放回鑊中的食物放到盤上，那麼不慎賣了給其他客人就會對不起他們了！

亦有些客人不自量力，低估了食物內部的溫度，有時心急吃下去燙傷了嘴，口水直流，然後把食物吐到手心上，再放回食物盤上，還大罵我們……

＊＊＊＊＊

幾天之後，朋友傳來一大段投訴鄰居的訊息：

住在香港的大廈有時不能安居，最主要視乎鄰居是什麼人和他們待人接物的態度。

近日我在處理關於樓上傳來怪聲的問題，事源在兩個月前樓上每日不定時發出震動聲，時長時短。不勝其擾的我請管理處向樓上鄰居反映，但那戶主説他們根本沒有發出聲響……於是我便記錄每次發生震動的時間同長度，因為發現有一定規律，在作過一些估算後，再請管理處跟進卻又無功而還……

今日終於忍無可忍，請來了管理處人員進入我居住的單位試聽，這樣做是因為有管理處人員作證，就可以立即上樓上對質……

到樓上單位查證後，發現原來兩個月前他們安裝濾水器，因為出水不順而引起水喉共鳴發出怪聲！原因只是這麼簡單，而且很容易就查證到，但是樓上戶主就懶於查找而且迴避處理問題，令我和家人在這兩個月內飽受騷擾！

所以説如果鄰舍之間欠缺互相尊重、互相體諒就不會有良好的鄰里關係。我住在這屋苑已逾二十年，和同層鄰居都相處融洽，只是和樓上樓下住戶的關係出現問題。

其實樓上三、四個月前已有另一種噪音滋擾，他們新安裝的煤氣乾衣機又嘈吵又大震動，而且每次操作逾四十分鐘。他們每次使用也令我不停受到巨響滋擾，真令人火冒三丈！我自己都有用煤氣乾衣機，用了近二十年樓下的鄰居也沒投訴過，所以我認定一定是因為樓上住戶沒認真處理，問題才沒有改善。

經過幾次向管理處反映和跟進，最終發現是因為他們的煤氣乾衣機安裝得不好，才會發出巨響，調校之後就沒問題了。因為他們有這樣的前科，我認定這次的怪響一定又是類似迴避問題、不認真處理、不作為的後果。

唉，雖然有管理處從中斡旋，但也令人感歎現今的鄰里關係不比從前，現在的鄰居也不會像從前的鄰居一樣肯為他人着想，不禁令我懷念起小時候住在石蔭邨的好鄰居，那時和鄰居簡直像一家人一樣。

*****

於是他娓娓道出有關小時候住在石蔭邨的好鄰居的事：

話説我讀小五時，當時我還未需要出檔口幫手，主要是代父母看顧妹妹。雖然我是一個性格內向的人，但一切大自然的事物都吸引我，令我想往外跑。

有一個週末，我帶細我一年的大妹去家附近的山坑捉蝌蚪、小魚兒，當年到山坑玩水不怕山洪暴發，最怕有沒公德心的人遺下的破玻璃樽，那一次我就是因此受傷的。當時山坑旁地上有一個只剩樽底一角的破玻璃樽，這東西放在地上簡直是一個捕獸器或陷阱。那個年代的孩子都是穿一雙塑膠拖鞋通山走的，我的左腳不小心踩了上去，破玻璃並非直插入腳底，而是從我的左腳沒有拖鞋覆蓋的內側踩到插入，當下血流如注，令我整個人也暈了一暈要坐下來。情急之下，我用右手把那片玻璃拔出來丟掉，怎料右手的手指公卻因而被割開！

大妹被嚇得手足無措，我便叫她跑回檔口求救，當時檔口忙到不可開交，那時的人不大習慣叫救護車，有事多數自行乘車去葵涌附近的瑪嘉烈醫院就醫。我的回憶有兩個版本，一個是爸爸趕來背着我離開山坑乘的士去醫院，另一個是爸爸背着我離開山坑，同時通知好鄰居溫先生請他幫忙。溫先生是一間公司的司機，平時載老闆四圍去，下班後那輛車由溫先生處置，他通常把車停在屋邨樓下的露天停車位，找到了他，就可以請他幫忙送我到醫院。

這次受傷我已記不起在腳部縫了多少針了，只記得當時在醫院只是局部麻醉，看着那位醫生縫針，真是膽戰心驚，現在回想起彷彿也覺得痛，已忘記在醫院住了多少天才回家。因為不想影響上課進度，所以媽媽每日背着我返學放學。當時我讀的是基蔭小學，學校和住家分處高低兩地，媽媽背着我在長長的樓梯上跑上跑下，真辛苦哩！

說起這件事主要是想分享那個年代的鄰里關係。我在荃灣區出生，直至升讀小學可以「上樓」住進公共屋邨，全家人的生活環境得以改善。我們是石蔭邨開邨第一批入住的，當年入住公共屋邨的都是勞苦大眾，每家成員的年紀同數目都相差不遠，多是父母帶着三兩個子女。我的一家最初入住時是父母加三個子女，之後再有一弟一妹出生。

我舅父的一家都是同年入住石蔭邨的，和我們住不同座數，大家關係很好。只是有時遠親不如近鄰，就如那次我在山坑遇上的意外，幸好因為鄰居溫先生有車才幫上了大忙。我們兩家人平時都會互相照應，特別是我的父母忙於謀生早出晚歸，我們這些孩子放學後都各有任務，年紀較大的要看顧年紀小的，又要煮飯、做家務。但是我們當時都只是未成年的小朋友，有時候出了突發事情，自己解決不來就要找鄰居幫忙。

可是，也不是每個鄰居都是好鄰居，例如住在我家正對面的一家就有點「白鴿眼」，看不起我們一家做小販的，平時都不怎麼跟我們說話，有時他們家的人還會欺負沒有大人在家的我們，這時鄰居溫太太就會幫口幫手維護我們幾兄妹。

幸好我們五兄弟姊妹都算乖巧聽教，不用父母憂心；我們讀書亦算勤力，會自動自覺完成家課和溫習測驗、考試。因此溫先生的子女時常來我家做功課，而大哥和我比他們高年班，亦可以指導他們功課。

好鄰居的關係是可以維持很久的，自從石蔭邨重建，鄰居都各散東西，但我們仍有和溫先生的一家保持聯絡，早幾年媽媽過世，溫太太都有囑子女到靈堂悼念。

石蔭路上多戀事

我有另一位朋友青少年時期也在石蔭邨附近度過，但她住的是石蔭邨附近的私人樓宇——石蔭路六十二號的金石樓，給她最深刻記憶的，是被街坊稱為「葵涌旺角」的石蔭路，這條路上有大量食肆及店舖，服務石籬邨及石蔭邨一帶居民，不少住在附近的居民也會前來購物，住在石蔭路六十二號的他們一家當然也不例外。

故事就發生在她青少年時期居住的金石樓和被街坊稱為「葵涌旺角」的石蔭路上，以下是她以「我」這第一人稱說的故事。

*****

據說，今天的氣溫是攝氏三十三度。下課回家後，我終於可以將身上的白色外套脫下來了。

這件外套，曾引起班上不少同學好奇。坐在旁邊的林玉明問：

「春天還有點涼的時候，同學都穿上外套，你卻沒穿，還以為你比我們強壯，沒想到這幾天的氣溫高達三十二、三度，你卻穿外套上學……」

班長張玉華曾關心地問：「這麼熱還穿上外套，是身體不舒服嗎？」

愛促狹的孫翠蘭在上體育課時，煞有介事地向着我扯高聲線喊：

「你有什麼毛病？上體育課也穿着外套？在更衣室裏，你還排隊進有門的更衣格才肯把外套脫下，向來你不是嫌麻煩不會進裏面換的嗎？連脫下外套換運動衣那十幾秒你也不肯讓人看見，這其中一定大有文章……」

白色外套被脫下時，外套的袖口黏着我的手腕，因為手腕上有些傷口還沒結疤，上面還有點黏乎乎的，令手黏住了外套。我小心翼翼地把衣袖褪下，避免弄痛自己。

細心審視左臂和手腕上的傷痕，紅色的疤有月牙形的、貝殼形的、小勺形的，密密麻麻，星羅棋布。有些傷口有點大，有點深，被掐被捏的時候，施虐者的指甲曾深深地陷進手腕的皮肉裏，而且還曾毫不留情地刮、扯、撕……

我之所以在任何情況下也不肯脱下外套，是因為我不想讓老師、同學誤會我是家庭暴力的受害者，誤會我被父母暴打、虐待。

我之所以在高溫下仍穿外套上學，是因為不想讓任何人看到這些傷痕——這些傷痕是包含着戰敗的屈辱。

不是嗎？那天，媽媽下班回來時，戰火正烈。媽媽走近要將我們勸開之際，姐姐還把握最後機會用指甲在我手背上使勁掐。

看到我滿佈紅印的手腕、泫然的神情，媽媽說：「別哭，要麼打贏對方，輸了就要認，不要哭着求饒、求憐憫！」

我要是認真打的話，真會輸嗎？至少也能在姐姐的手臂、手腕上留下一點點的紅印吧？雖然我的指甲比她短、年紀比她小，但體力卻不比她弱多少，要認真打一架的話，我怎會大敗？

可是，當我被她狠狠地捏了一下，準備用力還擊之際，我看見自己手上那深紅的甲痕，我擔心在我還擊之後，她的傷口會流血，然後想到如果因此留下一道道疤痕，她上學時會被同學取笑。於是，我猶豫了，手下留了情，捏下去時減輕了力度。

然而，大戰之後，看看手上斑斑的血痕，對比起姐姐臂上只有幾個淺色的紅印，我為自己的婦人之仁深深後悔。

如今，看着沾了汗漬的白色外套，我更後悔了！姐姐中午在操場上遇上大汗淋漓的我，那幸災樂禍，甚至是貓兒看着爪下被玩弄的雀鳥的表情，是多麼可恨呀！

＊＊＊＊＊

姐姐比我大四年，我們在同一間中學──東華三院伍若瑜夫人紀念中學讀書，她讀中四，我讀中一。學校離家只有幾條馬路之隔，是媽媽刻意安排我們入讀同一間學校的，説是方便互相照應，然而，學校就在附近，有什麼需要互相照應的呢？我和姐姐都認為媽媽要我們互相監視才是真的。

既是年齡相差不太遠，又在同一間學校讀書，而且家中本來就只有姊妹倆，我們的感情該是很要好的，但這只是想當然而已。根據我的分析，姊妹之間的感情，受到父母對他們的態度影響。如果父母偏愛其中一個，在父母面前，被偏愛的一個總是得勢不饒人。可是，假若被偏愛的是妹妹，一旦父母不在家，她被姐姐惡待的機會就很大。

我正是在這種不利環境中掙扎的。父母都要上班，大部分時間只有我們姊妹倆在家，而姐姐比我大四年，無論身形、高度、體格都比我強。可以這樣説，父母下班後，佔上風的是我，但父母下班前，佔上風的卻是姐姐。可惡的是，除去睡眠的八小時，父母不在家的時候比在家多，因此，結果是姐姐佔上風的時候較多。

我也不是處於劣勢的，除了多做點運動之外，我發現自己的身體也很「自強」，讀中四的姐姐五呎三吋高，叔叔、姨姨們説她往後大概也只會再長高一吋，甚至不再長高。至於我，現在已經五呎二吋半高、只比姐姐矮半吋，相信不出一年，我一定和她拉平，甚至長得比她高的，那時候，我不用再怕她。

其實，兩星期之前，我還是不用太懼怕她的。我倆説不上感情很好，她升上中一之前，被爸媽責罵後，向我報復是常有的事，然而，升上中一之後，她對我的態度起了點微妙的變化。這是因為她在升上中一之後，比從前更「需要」我。

為什麼？為什麼她升上中一後會更「需要」我？從雜誌的青少年成長專欄中，我發現了問題的答案，那是：思春期。

多難聽的三個字，卻是用在女孩子身上的，後來在學校專為女生安排的講座上，我聽到好聽一點的分析，那是女孩子踏入發育期之後，開始對兩性產生好奇。

也是由升上中一開始，姐姐開始愛上看愛情小説。本來，那只是她個人的事，與別人無關，然而她不只愛看，還愛「讀」。

她看到感人的情節，就逼我和她「分享」，但從來只是她單方面的「分」，我被迫「享」。初時，她只是將情節一字一句讀出來，逼我聽她讀而已，後來，變本加厲地，她愛朗誦，甚至繪影繪聲地讀出來。最厲害的是她可以一人分飾多角，用不同聲線，手舞足蹈地分別扮演熱戀中的男女、他們的情敵、父母……她一直認為，我是一個「坐享其成」者，我不用付錢買小説，便可以看電影、電視劇般「享受」這些情節。 雖然，這些情節，我感到一點煩，一點膩，但還是可以忍受的。至少，作為一個聆聽者、一個「被」分享者，可以換取到姐姐對我的態度好一點，都是值得的。有時，她分享後高興起來，甚至肯幫我分擔一點她吩咐我做的家務。

人都是貪求更多而不易滿足的，漸漸地，姐姐不再滿足於我只是一位聆聽者，她真的要我和她分享了，然而，這是「被」分享，因為，她要和我分享的，仍是她鍾愛的愛情小説。

打從她逼我分享愛情小説情節開始，她才是個中一生，而我只是四年級生，對於她的所謂「分享」，除了乖乖地坐着聆聽，還能做什麼呢？

上了五年級，我對於她所唸的「心悸」、「臉泛紅霞」、「心生嫉妒」等形容詞，仍是不明所以的，更不明白女主角既然那麼喜歡男主角，為什麼不肯承認、不肯説出來。然而，當時為了討姐姐的喜悦，減輕一點「被」分擔家務的擔子，在她説到女主角戰勝了情敵而眉飛色舞，或因一段戀情出現了第三者而愁眉深鎖時，我總會做出一些情緒反應，哪怕只是一聲感歎、鼓一下掌、拍一下她的肩膊，已能令她十分滿足。當時，我可是一個表現很好的聽眾，或者，是一個把「聽眾」這角色扮演得很好的演員。

升上六年級，姐姐認為我上語文課既然要做閱讀理解的訓練，該有點理解文字的能力，加上被她訓練了這麼久，對愛情小説的理解能力也該已經非一般，我的表現也應該更上一層樓。於是，她開始威逼利誘我看她看過的愛情小説。不管我是否願意、愛看，也不管我是否要應付繁忙的功課或突如其來的測驗，她給我看愛情小說的「功課」，有時甚至比學校老師給的功課更繁重。

看完小說後，還要和她討論：情節是否合理、編排得好不好、主角的性格如何、結局又如何等等……其實有什麼好討論的呢？每次我都要贊成她的分析，附和她的見解；她需要的，只是一個由靜默聆聽變為盲目附和的人而已。

難道我就甘於被人隨意擺佈不成？說到由被迫聆聽到被迫分析，我已經由小四生變成小六生了，總可以作出一點反抗吧？那可不是因為我天生奴性，而是，姐姐掌控的手段也變得高明了。她從開始時的一味逼迫，變成軟硬兼施、恩威並施，到我唸小六時她習慣了對我施予小恩小惠。由最初的減免家務，到後來請我食雪糕、雪條，以獎勵我能記住小說所有角色的名字，甚至分析到男主角「劈腿」的原因……

之前一直說的這些種種，都無非是人能夠忍受、承受的。那麼，又是什麼引致我和她打架（正確一點說是她打我、我還手），帶出我雙手傷痕纍纍的慘劇的呢？

當中原因，是自姐姐升上中四後，情緒變得不穩定，令我不能察言觀色而作出適當反應。更嚴重的是，她已不滿足於我只作為聆聽者、反應者、分析者，更進一步要訓練我成為參與者、行動者了。

她對於我的要求改變，也是因她自己的改變。她積極地將自己變成小說的主角，甚至將小說舞台搬到了現實生活中。

姐姐已經讀中四，她的很多同學已有了要好的男女朋友，她不是沒有的，只是她認為之前和男同學的交往都乏善可陳、太沒挑戰性，而相比愛情小說裏的男女主角，這些太平淡、太一般了。直到兩個月前，姐姐的感情生活產生了很大的變化。

從我們就讀的中學走到石蔭路不用十分鐘，附近有各式各樣的店鋪，還有商場、電影院，對我們這些中學生來說，是很大的物質引誘。午飯時分，姐姐和同學常常到石蔭路上的金豐茶餐廳吃飯，他們常坐在近窗的一排卡位，也可以清清楚楚的看到對面店鋪裏的一切。

對面有珍珠奶茶店和賣雞蛋仔、格仔餅、咖哩魚蛋的小吃店，茶香、粉香、雞蛋仔和格仔餅的蛋香，以及咖哩魚蛋濃濃的香辣味，常常跑進姐姐的鼻中。

有時候傳來的不只香味，也有臭氣。臭氣？是怎樣的氣味？那是電油味，電單車的廢氣，還有個偈油味。為什麼會有這些臭氣傳來？因為餐廳對面除了有珍珠奶茶店、小吃店，還有一間電單車維修店。

起初，姐姐也對這電單車維修店傳來咆吼一般的測試引擎聲，以及死氣喉噴出嗆鼻的廢氣感到十分討厭，然而，某一次，坐在近窗的一排卡位蹙着眉朝吵耳的引擎聲看過去時，眼前的景象讓她征住了。

一個約莫二十歲的男孩，身穿深藍色牛仔褲和電影中空軍穿的外套，帥氣地坐在哈利電單車上（姐姐説她上網查過，他的那一款就是哈利電單車無疑）。他的上身微微傾前，測試電單車的性能，然後，以利落的動作戴上了頭盔，電單車在咆吼一聲之後，呼嘯而去。

姐姐説，那一刻，她才明白什麼是英姿颯爽，那活脱脱就是一個男模坐在電單車上拍宣傳照的示範，比在電視機中看到的賽車手的姿態帥氣多了，連那刻電單車發出的咆吼聲，也分外悦耳，震撼心弦。

那一刻，她有心悸的感覺，姐姐是這麼説的。無論是之前「班草」男班長的邀約，或是和鄰校籃球校隊隊長逛街，都不曾給她這樣的感覺。

都是心悸惹的禍，此後的個多月、姐姐各科的成績一落千丈，那應該是因為她上課時絕大部分時間都是望到窗外，視線絕少停留在黑板上的緣故吧！她的心神，當然也「神馳」到那電單車維修店中，有時，她的心甚至隨着電單車出發，到了不知什麼地方去。

她連下課也捨不得回家，時常在石蔭路上流連。據她說，他不常在店內，許多時會駕着電單車到外面測試。就算他在店裏，除非拿着望遠鏡看，否則也看不清他的模樣。許多時，守候一整天，只能看到他坐在電單車上的十多秒。

這是令人感到奇怪的，姐姐從來不是內向、害羞、不懂主動的女孩，她是主動、進取的，為何這次卻主動不起來？

這是她的原話：「原來不只是動物，人類也有『天敵』的，他就是我的『天敵』。看着他，我就是主動不起來，甚至怔怔的動彈不得。如果面對着他時，我怔怔的說不出話來，又或是說出一些傻話，甚至做出一些丟人的行為，那怎麼辦？對他，我可是不容有失的，甚至不可以有『萬一』！原來，世上就是有這麼一個人，令你『戰戰兢兢，如臨深淵，如履薄冰』。這一次，非找到萬無一失的方法不可，絕不能貿然行動！」

向來進取、主動的她絕對忍受不了長時間的按兵不動。終於，她想到了「萬無一失」的辦法，不幸，這「萬無一失」的方法竟牽連上我！

「我相信他一定也有留意到我的。有幾次，當我看着他時，他也怔怔地看着我。當時，路上有許多人，但他的視線只單單地投向我。有時，他甚至會把電單車推到我附近，才開始試車，那不是為了讓我有多點機會看到他嗎？

「小說裏面這樣說：條件愈好的男孩子愈不會主動，因為他們自尊心強，怕受傷害嘛！然而，他們又不會喜歡太主動的女孩，他們多喜歡自信又有點矜持的女生，所以對他不能操之過急或過於急進，這會嚇跑他的。

「所以，這就好像跳舞一樣，我走前一步，他後退一步，或者他走前一步，我又後退一步，這就是猜心遊戲。重要的是，我要有點行動，對他有點表示，讓他受到鼓勵，給他多點反應，說不定他就會主動表白了。

「怎樣才可以給他暗示、信心？我們之間一定要有點互動才行。當然，不能直接走到他跟前向他表示要和他做朋友或和他交往……如果……如果知道他的電話號碼，可以給他一些暗示訊息……或者知道他的名字，可以在網上跟他交朋友……哎……他工作的維修店又沒網址什麼的……

就算有，也不適宜，他該不會想讓老闆、同事知道的⋯⋯

「因此，最好的計劃，是找一個人為我取得他的名字或者電話號碼⋯⋯這⋯⋯這個拔刀相助的最佳人選就是你⋯⋯」

「我？為什麼是我？」一直在聽着一個與我無關的故事，突然被扯進故事中，令我大嚇一跳。

「你是我妹妹！你當然不忍心我被一個男生當面拒絕，當然這機會很低⋯⋯小說裏都會有些朋友、知己什麼的為女主角獻策、兩脅插刀的，那也是很重要的配角角色呀！」

「我不要做配角，也不想成為這故事中的任何一個⋯⋯」

「那你就做路人甲吧！只需要路過，問個名字、拿個電話號碼而已。就算你被拒絕了也不會尷尬呀，你是個中一生，他只會把你當作孩子、小朋友。一個小朋友問他拿電話、問他名字，他該不會拒絕呀！」

「不，我不要！我不要參與⋯⋯」

「我會為你想一個好方法，讓你在他面前出現不會太突兀的，我看了這麼多小説，編故事的能力很高的。譬如，你可以假裝爸爸、媽媽的車要拿去維修、要先問一下價錢、詳情，所以要問他的名字、電話……」

「爸媽自己會問的，用不着我去！而且有維修店的名字、電話就可以了，他怎會給我他的電話號碼？這一點也不合理！」

「你多跟他聊幾句，然後借故問他的名字、要他的電話不就行了嗎？」

「我不想跟他聊幾句，一句也不想！我不會幫你做這事的！」我有點氣了。

「你就幫幫我嘛！我幫你補習一個月數學，每天兩個小時好嗎？我送自己最喜歡的那個背囊給你好嗎？我再給你買一張迪士尼的入場券……」

「不要，我全部都不會要的！」我掩住耳朵，馬上逃走。

「你不肯幫我一個小忙嗎？」她有點惱羞成怒。「我常常教你做數學題，又常請你吃東西；媽媽罵你，我也會為你求情，又時常借自己喜愛的小説給你看，這你都忘了嗎？你這忘恩負義的傢伙！」

在我説了一句：「你就説我是忘恩負義吧！」之後，姐姐的指甲向我的手肘攻來。

首先，她的食指、中指、拇指緊緊的捏着我的手，然後是幾隻手指一起用力，尖甲都深深陷進我的皮肉中去了。尖甲陷進皮肉中之後，她再用指力、腕力施壓，令指甲陷進去更深，甚至立時成了一道深坑，一個彎月形的血痕。

看着自己幾隻手指造成的血痕，姐姐竟滿足地笑了，像在欣賞自己雕刻的藝術品。

這時，我開始懷疑她平時把指甲留長，也許不只是為了美觀，此刻，儼然有「養兵千日，用在一朝」之慨了！

我不是沒有反抗、還擊的，只可惜我的指甲短，用盡力去掐，也不能在她手上掐出一個紅印來。我不禁暗暗埋怨那位向來認為女孩子不留指甲、不塗甲油才是素淨好學生的班主任，我是不該受她薰陶的。

先是我的手背，然後是手腕，接着是手臂，都節節敗退，連番失守了。不消十分鐘，我左手、右手的整隻手腕、整條手臂都佈滿了彎月形的血痕，儼然像一幅圖案、一幅蠟染的圖案……不！蠟染的圖案多是藍色的。或者，成了指甲花的紋身，印度人喜歡的玩意兒。不！指甲花紋身是褐色的，現在，我手上的是血紅色且密集的。

看着自己的雙手，對比姐姐手上只有幾塊紅印，我氣餒了，險些棄甲曳兵而逃，我唯一可以做的，是忍着不哭，裝作不痛，裝得愈像，忍得愈久，便騙自己說沒有輸。

然後，第二天，是三十三度的高溫，我穿上白色的棉外套上課。天氣實在熱得很，身上汗流浹背，汗水竟讓彎月形的傷疤又濕潤起來，讓傷疤和棉外套黏住了。將外套脫下時，那種撕裂似的痛，讓我把之前未流的淚都補回了。

諷刺的是，當傷口已復元、傷疤逐漸淡去，我終於可以脫下白外套的那天，竟是我懾於姐姐的權威，為她做了那件自己不想做的事。

我實在不得不佩服她，她竟可以連續十二天在家不發一言，不止對我不瞅不睬，連爸媽跟她說話也保持緘默。爸媽的愛心及不停探問，也對我構成了很大的壓力，叔叔、姨姨們說那是青春期的反叛，當父母、家人的要十分留心，孩子憂鬱的情況惡化下去，萬一發生什麼事，就令身邊的人後悔莫及了。

這期間，姐姐不再借小說給我看，不再對我說故事情節，反讓我抒了一口氣，那是好事。她不再教我數學，我也不放在心裏，反正我各科的成績也不大好，多一科數學不及格，也不算是樁大事。

反而是爸媽每天上班前、下班後也叮囑我多留心姐姐，多開解開解她，倒讓我不勝其煩。另外，期中試也快到了，爸媽下最後通牒，命令我中、英、數三科必須及格，否則下半年的零用錢堪虞。

「都是因為不想令爸媽擔心，我才肯這樣做，不是因為要你教數學，也不是因為你對我不瞅不睬……」

「行了，行了，總之你的數學考試包在我身上，『薯薯周』教了我數學三年了，每次考試來來去去都是那些題目，他也懶得改。總之我會令你一定及格的，我反而擔心你會拿到及格以上的七、八十分，那一定會讓他驚訝、起疑的。」

「其實，我真是不想的，還有，就算我肯幫你，也要守我的規矩……」

「行了，行了，」姐姐搶白，「這三個月的家務也包在我身上，你成了公主，這行了吧！」

「只此一次，下不為例，真是未來的一千年你再也不要找我幫任何形式的忙了。」我一再強調。

「得了，得了，未來的一萬年也不再求你，掉進深坑裏也不會要你拋一條繩。」她鄭重保證。

「你不要管我用什麼方法，只要我拿到他或他的店的電話號碼就成。」

「好的，好的，有電話號碼和名字就行，一定要有名字呀，不然我怎麼找他？」

就是這樣，我出賣了自己。過了兩天，下課後我在附近徘徊，良久才能確定人物，一鼓作氣跑進電單車修理店裏。

「我……我爸爸想拿電單車來維修，想知道價錢……」我說這話時，滿臉漲紅，抬不起頭。

「是什麼牌子、型號的電單車？哪裏壞了？有什麼問題？最好先讓我們檢查一下才好報價的。」他還算有禮貌。

「可以給我……電話讓他……打來問嗎？」我有點結結巴巴。

「當然可以……」他説着把公司的名片遞給我。

我看了看，再問：「有你的名片嗎？」

「為什麼要我的名片？叫他來店裏，找任何一個人也行，不一定要找我。」

這時，我的樣子一定十分可笑，他朝我笑了笑，又去拿另一張名片。

「好吧，這是我的名片。」

我又看了看，問：「你……你是 Dick Wong ？」

「對呀，叫我 Dick 就行，我大部分時間都在的。」

我達到目的了，火速丟下一聲謝謝就往店外跑，卻聽到他在我身後嚷：「你呢？你還沒告訴我你叫什麼名字。」

我聽了更是頭也不回的落荒而逃了。

姐姐終於得償所願了，拿着兩張名片，滿足地笑了。可是，開心的是她，我卻因而惹上了麻煩。

幾天之後的星期六下午，爸爸不用上班，看完電視轉播的足球賽事，他的肚子餓了，對坐在身旁的我說：「阿妹，我們去吃雲吞麪。」吃雲吞麪是我和爸爸的共同愛好，媽媽和姐姐是從來不吃的。因此，到附近麪店吃雲吞麪成了我們父女倆其中一個消閒活動。

我和爸爸邊走邊聊，不料經過石蔭路時，突然有人在路邊跟我打招呼：

「Hi ！」

是姐姐的那個他！那個好像叫 Dick Wong 的……

「這位就是你爸爸吧？是他的電單車要修理？」他竟然問。

「對呀，我是她爸爸，可是，我沒有電單車……」爸爸又「竟然」回答他。

「沒有電單車？」Dick 問。

夾在兩個滿腦問號的男子中間，我的額角一定在冒汗，我的臉也正熱得發燙啊！

「對不起，我們有急事，遲些再談……」丟下這一句，我就拉着爸爸逃命似的走了。

「只是去吃雲吞麵，用不着那麼着急，讓我問個明白嘛，修什麼車？還有，剛才你的臉怎的紅得厲害……」

爸爸邊走邊嘀咕，我卻用了全身的力量推他向前行，務求盡快離開 Dick 的視線範圍。

吃完麵回家，本來爸爸還一直說要將這件奇怪的事告訴媽媽的，幸好回家後球賽又要開始，他馬上把這事忘了。

想不到類似的冒險經歷不止一次，隔了兩天，當我下課經過那家電單車維修店時，Dick 剛巧在路旁檢查電單車。本來，一瞥見他的身影，我已暗呼不妙，可是雙腳反應太慢，已來不及「逃生」！

「今天這麼巧，前兩天怎麼沒看見你經過？你不是住在附近，上課、下課都會經過這兒嗎？」

「我……我……爸爸……他的車……」

看到我這麼辛苦才吐出幾個字，他有點失笑了。他笑着說：

「我不是心急要賺他的錢啊！維修店是爸爸開的，他多賺少賺也不關我的事，你爸爸的電單車拿不拿來修理也沒關係，你不用介意的。」

他説時，唇邊的兩個酒窩跑了出來。

「嗯，嗯，好的，再見。」我邊敷衍着邊跑開，腦後卻彷彿長了一雙眼睛，看到他一臉失落。

本來，他頗有禮貌，笑容也很好看，該不會把我嚇成這樣，看到我這樣的反應，也許會讓他受到傷害吧！可是，他是姐姐的獵物、囊中物、標的物，不容任何人有覬覦之心，當然，這其中包括了滿手的疤痕還沒有褪去、對姐姐的「魔爪」猶有餘悸的我。

姐姐拿到兩張卡片之後，便神神秘秘地開展她追尋幸福的計劃，沒再逼我參與其中，只是，有一回我「無意中」聽到她含羞答答的對着電話筒説：

「我就是你時常偷望的那個女孩……

「每天在你們的店對面那間茶餐廳吃午飯的，我坐的卡位就正正在你們的店對面，我和同學邊吃邊聊天時，就常見到你怔怔地看着我。

「我知道你是想跟我打招呼又不敢開口的，當然啦，我時常被同學簇擁着，在他們面前跟我打招呼，你必定害怕被人取笑的。而且，你想像得到我必定很受男生歡迎，因此膽怯也是必然的，這個我瞭解……

「所以我自己打電話來了，放心吧，我不會拒絕你的，因為我對你的印象也不錯。我們可以約在附近的快餐店見面，一起去金都戲院看電影也可以……」

然後，我聽到她稍微惱怒的語氣：「你別弄錯了……你不知道哪個是我？不會吧？在一眾女生中最觸目、最亮眼的那個自然是我，你不會沒留意到的……

「你沒時間？你沒有空？沒可能吧！你其實不用沒信心，不用自卑的，我對你有好感，對其他男同學的追求我是不會理睬的了，你也不用擔心他們……

「說了那麼久你也不知道我是哪一個？你根本沒看過來我這邊？你不用否認了，我不會相信的……」

之後，我聽到她近乎咆哮了……

「你現在很忙？不行，你一定要給我說清楚，你這個沒自信的傢伙。我再給你一次機會，我們約出來見面說清楚，你一看到我便一定知道，我就是你經常留意的那個女孩……

「你不要再説沒時間了，別拿工作來做藉口……喂喂，我們一定要説清楚！別掛線……掛線你一定會後悔的……」

這天之後，愛説話的姐姐變得沉默了，她的臉上、身上、周圍十厘米外，恍似蓋上一塊黑紗，讓人看不進去，甚至不能走近！

之後的某一天，我在上學的途上遇見她……

那家電單車維修店，就在我家樓下不遠的石蔭路上，是我們上下課的必經之路……

這個多星期以來，我每天上課刻意出了金石樓的門口便往左拐，兜一個大圈，大概要多走五分鐘才回到學校，為的是避過那家電單車維修店。雖然店子通常還未開門，但每星期總會有兩、三天，因為有早來的客人要光顧而提早開門營業的。為了避過那七分之二、三的可能性，我情願每天走遠路。

雖然就讀於同一間學校，我和姐姐幾乎從不會一起回學校的，因為她喜歡早點回校和同學聊天，或者是約了同學一起吃早餐。可是，這天，我卻在上學的途上遇見她，而且，是在家樓下往左拐，兜一個大圈的路途上，這就有點不尋常了。

也許，我們是因為不同原因在躲着同一個人。

她看見我，起初是有點錯愕，繼而是苦笑，對我說：

「你也知道了吧？你也和姐姐同仇敵愾嗎？」

我不能忘記那刻她臉上幾乎從未浮現過的感激的表情，那一刻，我有點同情她。

*****

大約過了大半個月之後，姐姐才再拿起她心愛的愛情小說，重新跟我談論小說的情節，然後，又再開始留意身邊有哪些男生在留意自己。

可以這樣說：姐姐由高小到整個中學階段都是主修愛情的，而且從來都是專心致志，從不心有旁騖。

一切適用於雌性動物的身心發育階段，包括發情期、求偶期，她也是表現得那麼理所當然，從不掩飾，那種全情投入、義無反顧、執迷不悔、積極進取甚至有點劍拔弩張……其實是頗令人欽敬的。

中學畢業之後，姐姐的感情生活逐漸多姿多彩，但由於媽媽的思想有點傳統，她是從來不准許姐姐和男朋友外出晚過十時回家的，這是「宵禁令」。某些媽媽見過認為是不良青年，甚至是惡形惡相的，她更會對姐姐下「禁足令」。

至此，姐姐又重新發掘到有妹妹的好處，又重新發現到她妹妹的存在價值，她開始偶爾邀請我參加她的「拍拖」活動，知道媽媽看到她和我一起外出會較為放心之後，她「出夜街」也常會帶上我。

其實，那是我在中學階段會考前的「衝刺」時期，有時也會想出外走走、作點戶外活動，所以在姐姐的威逼利誘下唯有從命。

想不到我卻因而有了意外收穫，在多次驚險經歷之後，我學懂了不少野外求生技能。許多活動姐姐雖是帶着我去，但那些活動其實只是幌子，真正的內蘊是二人世界，絕大多數情況是他們到了活動場地就會馬上撇下我。

沙田的單車徑上，在她的男友扶着她一步步地學踏單車的溫馨背影後，是我一個人第一次騎上他們胡亂為我挑的越野單車，跌跌撞撞、苦苦掙扎……

西貢某個水清沙幼的海灘，在他們於斜陽中的小艇上緊緊偎倚的倩影後，是我被困於兩艘船中間，在用盡全身之力怎樣划也划不出去的困境中，絕望地揮槳……

猶幸姐姐在中學畢業三年後，便找到了真命天子嫁人去了，於是我得以功成身退。婚後，姐姐很快有了孩子，成了母親，至此，我明白了有些女性是由出生開始，就全心全意地以相夫教子、賢妻良母為畢生志業的，姐姐便是其中一個好例子。我亦因而明白了，原來在賢妻良母的偉大終身志業中，也會「一將功成萬骨枯」的，而我就是萬骨枯中的其中一骨……

*****

直至許多年後，姐姐成功完全由「賢妻」過渡到「良母」的身分，而人生目標亦老早由「嫁個好老公」進化成「有個長進的孩子」了。

長進的定義？在「贏在起跑線」之後，就是進名牌幼稚園、小學、中學、大學，大姨甥已經順利進了名牌幼稚園、小學、中學，但小姨甥的升學路途卻有點障礙。那是因為那名牌小學的家長會換了會長，新任會長是姐姐的中學同學韋漢娜，姐姐和她有過點過節——曾爭做班花，也曾爭奪過幾個男生。因此，姐姐認為這個頗認識幾位校董的舊同學會從中作梗，成為小姨甥和他哥哥進同一間名牌小學的障礙。

姐姐決定要和韋漢娜冰釋前嫌，她再次想到了她的妹妹。

她奇蹟地記起小時候曾對我說過「未來的一萬年也不再求你，掉進深坑裏也不會要你拋一條繩」的豪言壯語，其後的日子雖然她要我做事，也沒再用「幫忙」的字眼。這次，她一不小心說出了「幫忙」這兩個字，腦海中馬上閃過之前說過的豪言壯語，就巧妙地補上這一句：

「今次可不是幫我的忙，而是幫你的姨甥，這你絕對不能推辭，因為這是關乎你小姨甥的前途和終生幸福的！」

姐姐要我幫的忙，是她要幫韋漢娜籌辦榮任家長會主席後的第一個活動，邀請一位作家主持親子寫作技巧的講座。在百忙中抽空出席講座之後，我再被姐姐拉去和韋漢娜喝下午茶。

「真的感謝你這位大作家光臨指導，還不肯收講員費、車馬費，那是給面子你的姐姐和我這位師姐吧！講座很成功呢，家長們都很高興。對了，什麼時候有空來我當副主席的傑出女青年企業家協會演講？那裏有許多傑出的未婚女性，你這位著名愛情小説作家、愛情問題專欄作家一定要去指導她們啊！」韋漢娜堆起笑臉説。

「她之所以成為愛情小説作家、愛情問題專欄作家，其實我這位姐姐也大有功勞啊！小時候我常借愛情小説給她看，又常和她討論小説的角色、情節，和她一起分析愛情問題，這肯定都成了她寫小説、專欄的養分。」

雖然姐姐的話頗有點自誇的意味，但此刻細心一想，也不無道理。

「那為什麼你跟我做同學時不借愛情小説給我看，不和我討論小説的角色、情節，和我一起分析愛情問題呢？如果有的話，説不定我也能成為愛情小説作家、專欄作家哩！」韋漢娜説。

「説起我這個妹妹，倒是文武雙全的，除了寫文章之外，運動也難不倒她，踏單車、划艇也是能手，我呀，卻是一竅不通。」

那是當然的了，姐姐學踏單車、划艇也是男生扶着腰、手把着手教的，教的和學的也醉翁之意不在酒，一竅不通是必然的。

「除了運動，她對女孩子的事如洗衣服、護膚也很有一手，這些小知識她在專欄裏也常提及的。怎樣消除衣服上的污漬，她從小就有研究。你看，她的雙手白白滑滑的，比我的手強多了，她從小就懂得常搽潤手霜。」

姐姐拉起我的手，和她自己的手比較起來。

聽了她的話，看着我和她的手，我想起自己小時候那佈滿指甲痕的雙手，是搽了多少潤手霜才恢復過來的，還有那件白色棉外套上的血漬，不知用了多少種洗衣液、用過多少不同方法才洗乾淨。

「可是，我這個多才多藝的妹妹，也有着致命的缺點，她這個愛情問題專欄作家可是能醫不自醫的。相比於我這個早早結婚生子、有了幸福家庭的祖姐，她可要輸了一大截，到如今要好的男友還未找到。」

「不是吧！那次我和丈夫去買車，不是碰見她和男友嗎？他們大概好事近了吧，男友還是大車行的老闆哩！真是年少有為啊！他們的愛情故事還挺浪漫，說是初中那時已認識的，很多年後重遇才發展起來。難道你這個當姐姐的也不知道？」

聽到韋漢娜的話，姐姐十分錯愕，正要發難，向我大興問罪之師。

「你怎麼竟沒告訴我？那人我見過了嗎？」

「那……那是大半年前才重遇的……」

我一臉尷尬，在腦袋裏搜索着用什麼説話向姐姐解釋。

其實，那刻我想對她説：

「我生命中很多重要的東西，也是你帶給我的，雖然得到的過程有點波折、有點艱辛……」

帶你認識——石蔭邨

地理位置：

新界葵青區北葵涌

簡介：

於一九六八年落成，是區內第四個公共屋邨。廣義地區位於北葵涌（或稱上葵涌），以街道標分則是和宜合道以東、梨木道以東、大白田街以南。原廉租屋邨共有八座樓宇；直至二〇〇五年重建完成，現時共有四座租住大廈。

石蔭邨的文康設施較佳，原因是上葵涌地區的主要運動設施就在毗鄰。石蔭邨本身設有一間私營合約安老院。另外，石蔭邨東面的石蔭東邨開設了香港小童群益會的青少年中心；而安蔭邨則開設了香港佛教聯合會的長者中心和香港聖公會的護理安老院。

石蔭路有食物環境衞生署管理的北葵涌街市，為石蔭邨內的主要街市。另外，被街坊稱為「葵涌旺角」的石蔭路，則有大量食肆及零售店，服務石籬邨及石蔭邨一帶居民，不少安蔭邨及石蔭東邨的居民也會前來購物。

邨內及附近設施：

* 石蔭商場
* 北葵涌鄧肇堅室內運動場
* 和宜合道運動場
* 北葵涌賽馬會泳池
* 北葵涌公共圖書館
* 北葵涌街市

邨內及附近中小學：

* 裘錦秋中學（葵涌）
* 東華三院伍若瑜夫人紀念中學
* 石籬天主教中學
* 聖公會主愛小學

著名居民：

* 前香港足球先生歐偉倫
* 《100 毛》創辦人林日曦
* 藝人陶大宇、馬德鐘、朱茵、麥翠嫻、廖偉雄、鍾淑慧、黃光亮
* 前立法會議員邵家臻、范國威
* 沙士期間逝世的英勇醫生謝婉雯

第三部分

石硤尾篇

石硤尾街市的守護者

房車停下，忠毅看到車子停在一個破舊、有點骯髒的街市前面，已經不想下車。

「為什麼要選在這麼髒的地方買菜？」忠毅皺着眉。

「少爺，街市大都是這樣的，而且，這裏是屋邨的街市，該不會清潔到哪裏去。」司機阿成説。

「那麼，我還是留在車上，待同學和那廚師都到齊了，我才下車去吧！」忠毅説。

「這當然好，外面的陽光這麼猛烈，天氣又熱，你還是留在空調車廂內好了。」阿成説。

不久，看到一半同學也站在街市外等候，忠毅説：「我該下車了，阿成，一會走的時候我給你電話吧！」

「你不等他們全都來了才下車嗎？現在外邊又悶又熱……」阿成說。

「看着同學們在外面流汗，自己一個人坐在空調車廂中，怎說也有點過意不去……」

說着，忠毅推開門下車了。

這次學校的專題研習，共有十七、八位同學參加，主題是訪問一位餐廳的廚師，記下他的工作與生活。這位廚師今天要到街市購買新鮮的材料，所以，十多位學生也跟着來。

忠毅極少去街市，這才是人生的第二回。記得童年的時候曾跟外婆去過一次灣仔街市，後來去了美國，又隨父母回流香港之後，就一直沒去過。

忠毅讀的這間學校，不是貴族學校，但算是一間名校，學生不都是富有家庭的孩子，還有住在區內成績好的窮家子女，都可以憑實力進入這學校讀書。忠毅的媽媽曾想讓他入讀國際學校，可是忠毅卻認為普通中學也可以，爸爸也贊成讓他進入這間校風、成績都很不錯的學校。

今天是課外活動，同學都沒穿校服，忠毅故意穿上最普通、不是名牌子的恤衫、牛仔褲，他不想自己的衣着跟同學相差太遠。

同學都齊集了之後，那位廚師也來了。

「各位同學，今天晚上我要為餐廳的客人烹調幾款海鮮餐，所以我們進入街市之後，會走訪幾個魚檔，各位同學要先摺高褲管，以免被地上的積水弄髒啊！其實這個街市我也不常來，我慣去的是香港仔那邊的街市，可是那街市距離九龍塘區太遠了，所以我還是選較近你們學校的石硤尾街市。來啊！各位同學一起來動手摺褲管吧！」

同學們聽了廚師先生的話，紛紛蹲在一旁摺起褲管來，忠毅想，反正褲子弄髒了也有傭人來洗，不用多此一舉吧！所以他站到一旁，在他身旁的，有一個穿了短褲的女同學，當一眾女同學恐防衣服沾到街市的穢水時，她卻氣定神閒的交疊雙手，站在一邊等。

當發現忠毅在看着自己，這個女同學朝他點一下頭，自我介紹說：「我是中三乙的許靖文。」

說起來，忠毅是師兄了，他也回靖文一個微笑，說：「我是中四甲班的江忠毅。」

許靖文向忠毅提起，上次也參加了訪問這位廚師的活動，只是那時忠毅對她沒有印象。因為那次是放學後去的，大家也是穿校服，這一次，眾多女同學都悉心打扮，紛紛穿了長靴、短裙或曳地長褲之類，反而許靖文一身T恤、短褲的清爽打扮，給他留下較深的印象。

當所有同學都準備好了，廚師先生就帶着他們一個個魚檔去鑽，還給他們介紹各種魚的特徵與味道、烹調方法，更翻起魚鰓，為同學示範怎樣挑新鮮的魚。

女同學看見血淋淋的魚也不敢走上前去，魚兒跳動時濺起水花，還把她們嚇得哇哇大叫。懂廚藝的男同學甚少，對怎樣挑選鮮魚也興趣不大。獨是許靖文認真而留心地聽着，還伸出手去學着怎樣檢查魚鰓。

看到她的認真勁兒，忠毅也感興趣起來，問她：「你要買菜、做飯的嗎？怎麼對這事兒那麼感興趣？」

「嗯，」靖文若無其事地點了點頭，「家裏每天也是我買菜、做飯的，做給小弟弟吃，還要為深夜才下班的媽媽留下一點，待她回來時為她翻熱。」

走了幾個魚檔，廚師先生終於挑到烹調佳餚合用的魚兒，當他正想付款的時候，許靖文卻從同學中擠出來，在廚師先生耳邊輕聲説：

「這裏的魚其實不是那麼貴的，檔主看你是『生客』，才開一個高價。請你和其他同學站到後面，讓我來替你買好嗎？」

廚師先生欣然同意，於是，許靖文便和魚檔檔主周旋起來。

只見檔主親切地和靖文打招呼，可見她是這街市的熟客，靖文還熟練地和他討價還價，到最後成交了，檔主還多送一個魚頭給她。

當她拿着魚走回同學那邊，廚師先生向她詢問魚兒的價錢時，真的嚇了他一大跳，她付的價錢竟比檔主剛才開的價錢便宜一半！

「想不到你們的同學當中竟有議價高手，這一項該是我向你們學習哩！你們學校的小同學，真教人刮目相看啊！」廚師先生説。

忠毅聽了廚師先生的話，帶頭為許靖文鼓起掌來，其他同學也跟着起哄，為這街市帶來一片掌聲與歡呼聲。

此時，卻有幾個女同學在竊竊私語：「我們才不像她一樣，要像家傭般買菜、做飯！我們也不會像她為了省一點點錢，就跟那些既粗魯又髒的魚販討價還價、浪費唇舌！」

忠毅帶點惱怒地瞪這些女同學一眼，她們才沒再說下去，他最討厭在背後批評別人、說三道四、踩低別人而抬高自己的女孩子。

買齊了今天做菜要用的食材，廚師先生滿意地說：「我們今天大功告成了，同學們回去該有許多材料做報告了吧！」

「廚師先生，你忘了嗎？我們還要參觀你烹調佳餚，品嘗你做出來的珍饈百味，這次專題報告活動才算大功告成啊！」這次行動的組長同學提醒他。

「我當然沒忘記，可是現在我要回去先準備材料，劏魚、洗菜和切菜的工夫，你們該沒興趣看吧！你們可以先去自由活動一小時，才到我的餐廳來集合啊！」廚師先生說。

「那我們該去哪裏？同學們解散了，要再聚集就困難了。」組長皺起眉頭說。

「我想起來了，這樣吧！剛才那位為我議價的女同學那麼熟悉這街市，就由她來帶你們在這街市逛一下，之後你們再來我的餐廳吧！」廚師先生提議。

忠毅和組長首先舉手贊成，其他無處可去的同學也附和了。

「這位同學，請你來暫充這趟街市參觀的導遊可以嗎？」廚師先生對靖文説。

「好吧！」靖文大方地點頭。

於是，廚師先生離開了，組長對靖文説：「小導遊，我們第一站是什麼地方？」

「大家走了這麼久，也該累了，我帶你們去吃豆腐花好嗎？」

幾個愛吃的同學紛紛歡呼叫好。

靖文把他們帶去一間豆腐店，他們走近時，聽到傳來樂音，店裏正大聲播着盧巧音的《落地開花》。

「哎呀，想不到在這舊式街市的店舖，也會聽到這種流行音樂！」一位同學説。

「一邊吃豆腐花、喝豆漿，一邊聽音樂，不是很有在民歌餐廳或者在酒吧吃喝、談天的感受嗎？」靖文説。

豆腐店的面積很大，店裏放了四張摺檯，店外也放了兩張，足夠他們一行十七、八個同學坐。

可是有幾個女孩子卻嫌在街市裏吃東西不衛生，也沒興趣參觀街市，她們説要去旺角逛逛，然後自行到餐廳集合。

組長也只好由得她們了。忠毅故意坐到靖文那一桌，好向她多討教有關街市的問題。

靖文坐下，先為自己叫了一碗熱豆腐花，然後向忠毅和組長推介：「這裏的豆腐花最香滑，一碗才六元，比許多糖水店的十元一碗便宜多了。」

豆腐花來了，靖文大口大口的吃起來，吃的時候，臉上泛起了甜甜的笑容，很滿足的樣子。

忠毅感到這個不拘小節、不大注重儀態的女孩很可愛，她眉目清秀，一臉文靜，在學校不是活躍份子，可是，在這參觀街市的活動中，卻看到她率直不造作的一面，忠毅覺得她比許多愛好打扮、裝模作樣的女同學可愛。

忠毅把那碗豆腐花吃完後，向老闆娘要了一杯豆漿。

「一會在餐廳喝飲品可昂貴哩！一杯本來可以在家裏沖調、不用花上一元的阿華田、好立克，在餐廳裏要付十多元，還是在這裏多喝一杯豆漿便宜一點，才四元啊！同學們如果肚子餓的話，也可以叫一碟煎釀豆腐，豆腐的魚肉是老闆娘自己親手打的，這裏的豆腐當然也最新鮮好吃！」靖文娓娓道來。

「煎釀豆腐？那不是在中式酒樓才吃得到的菜餚嗎？這街市的豆腐店也有？」忠毅問。

「這裏只是每天下午三至五時才供應，而且賣完了就沒有了。煎釀豆腐除了可以用作菜餚，也是街頭小吃！你沒吃過煎釀三寶嗎？」靖文問。

「煎釀三寶？」忠毅摸不着頭腦。

「煎釀三寶，通常是指釀豆腐、釀青椒和釀茄子啊！這些街頭小吃到處都有，車仔麪店也可吃到。剛才看到你乘房車來，大概你是富有人家的大少爺，沒有吃過什麼街頭小吃吧！」

被靖文這麼揶揄，忠毅一臉尷尬，可是他不但沒有介意，還感到被靖文搶白、揶揄，也是挺有趣的事。

吃完了豆腐花，靖文又帶着同學們逛了一圈。

「石硤尾街市除了有肉檔、菜檔、魚檔等濕貨區外，還有賣成衣、雜物的乾貨區，此外，還有一些士多。我帶你們到乾貨區那邊看看吧！」

同學們緊跟在靖文身後走，有些很少來街市的同學，對許多事物也感到新奇。

「這邊乾貨區有許多成衣檔口，看看這一檔，我在秋天穿的藍色毛冷外衣也是在這裏買的，才二、三十元一件，比服裝店賣的便宜了一半。還有旁邊賣T恤、鞋襪的，也十分廉宜，我和弟弟日常穿的衣服，多在這裏購買。」

好奇的同學們也走近成衣檔口去看，看過之後，都七嘴八舌地說：「這些衣服款式這麼老套，質料又差，怎可以穿在身上啊！」

「對啊！我對不是名牌子的產品就是沒信心，而且，穿出來定會讓朋友取笑！」

「就算不到名店買衣服，我也會去旺角的時裝店購買，寧願少吃一點，也得省下零用錢，買套像樣的衣服！不然怎穿出去見人？」

「你看看許靖文，她今天穿的衣服該就是在這裏買的吧！難怪她跟我們總是格格不入似的，她渾身的打扮大概只花了不足一百元，哎，這麼吝嗇幹嘛！叫爸爸多給點零用錢不就行了嗎？」

同學們説的話愈來愈難聽，只見靖文漲紅着臉，想不出話來反駁。

「老師不是説過我們不要做名牌產品的奴隸嗎？衣服只是用來遮蔽身體吧！而且我們要在適當的場合穿適當的衣服，今天我們是來街市做專題報告的，有些同學卻穿了滿身名牌，為了避免弄髒衣服，到了菜檔、魚檔也不敢走近去看，這不就失去了做這次專題報告的意義嗎？我看許靖文同學今天穿的倒是滿合適呀！」

忠毅一番慷慨陳詞，同學們都無法反駁，還為靖文解了困。

靖文向他報以感激的一笑，同時輕聲對他說：「我一家三口的生活，只靠母親在安老院當護理員的微薄收入來維持，我既不能外出工作為她減輕負擔，唯有在日常生活方面省一點，實在沒餘錢去買像樣一點的衣服了。」

看見她仍為同學的話介懷，忠毅笑着對她說：「其實你今天穿的這套衣服很好看呀！我覺得比那些胡亂將名牌子穿上身的女同學順眼多了。」

聽了忠毅的話，靖文臉上的笑容變得燦爛。

忠毅察覺到，靖文這個外表爽朗的女孩也有脆弱的一面，以後，如果可以跟她熟絡一點，便可以好好的守護她。

*****

那次跟廚師先生去街市做專題研習之後，研習小組要兩至三人分為一組做研習報告。

在教室要開會分組的時候，忠毅走到靖文的桌邊，一臉認真地對她說：「許靖文同學，我跟你一組，可以嗎？」

靖文被忠毅突如其來的舉動嚇呆了，一時不懂反應，只結結巴巴的說：「可……可以呀！」

對呀，只是一起做專題報告，沒什麼大不了的，不用這麼緊張。靖文這樣安慰自己。

「那麼，請你給我電話號碼、電郵地址吧！」

忠毅像下達指令似的對靖文說了上面的話，而靖文也竟像接受指令似的，一一把這些資料寫下來給他。

此後，忠毅常來電話、電郵，除了談有關專題研習以外，還會跟靖文分享生活瑣事；看了有意思的文章、有趣的網址，會第一時間電郵給她。

漸漸地，靖文發覺忠毅是一個有趣而且有內涵的男孩子，他還很細心，每次通電話，他都可以從靖文的聲音、語氣中聽得出她開不開心。靖文開心的時候，忠毅分享到了，他的笑聲會比她的更響亮；她不開心的時候，忠毅又會細心開解她，甚至會一個晚上通幾次電話，看看她的心情平復了沒有，好像，要聽到她開朗的笑聲，他那個晚上才可以安心睡覺似的。

靖文知道忠毅關心她，可是，她實在沒那麼多時間和他通電話、通電郵。每天，她都要承擔繁重的家務，還要教弟弟做功課、自己做功課，這一切令她忙得不可開交，透不過氣來，就算有空，她也寧願溫習，而不會花時間在電話聊天上。

靖文每天大約三時半下課，之後她會趕到弟弟的小學去接他，然後帶着他一起去街市買菜。回家之後，她馬上要督促弟弟做功課，為他溫習默書、測驗，當然，她自己也要做功課。

到了晚上七時，她開始做飯，因為通常這時候弟弟已餓得大叫。吃完晚飯、洗碗之後，她除了催促弟弟去洗澡，還要再做一點家務。

然後，她大概只有一個多小時可以溫習，到了十時多，她會為媽媽把飯菜翻熱，因為媽媽十一時多就會下班回家了。

她每天的生活也這麼忙碌，才十四歲的她，擔子已這麼繁重，她又怎會有空和忠毅經常通電話、通電郵呢？

弟弟才讀小學三年班，生活上的一切也需要她照顧，媽媽在安老院工作，為了多賺點錢養家，一個人身兼「更半」工作，要由上午十時工作到晚上十一時多才回來。媽媽工作這麼辛苦、疲累，這讓靖文感到，她除了要照顧弟弟，也要照顧媽媽。

雖然媽媽是成年人，比她年長很多，可是兩年前爸爸離世，對她的打擊很大，而且她從內地來港才幾年，許多事情也不適應，親戚、朋友大都不在香港，令她遇上問題時徬徨無助。

因為讀書不多、沒受過專業訓練，媽媽在安老院裏的工作壓力也是挺大的，她終日擔心被解僱，同事間的是非，亦令她疲於應付。

沒有人可以開解她，沒有人可以為她分擔，媽媽認為靖文還是孩子，總不會把工作上、生活上的不如意告訴她。有幾回，在深夜裏，靖文看見媽媽一個人坐在牀邊默默垂淚，有一、兩次，還聽到她的嗚咽聲。媽媽看見靖文，怕她知道自己哭，趕緊扮作什麼事也沒有的佯裝睡覺。

這些景況，看得靖文心也酸了，她總是想：快點中學畢業，出來工作減輕媽媽的負擔就好了。可是，一個中學畢業生又能夠做些什麼呢？媽媽總是想讓她多讀點書，想讓她上大學。為了達成媽媽的願望，靖文唯有努力讀書。

她認為自己所能為母親做的，只是照顧好弟弟、打理好家務，讓媽媽可以安心上班。她也竭力把家用省下來，不是為了要給自己買什麼，而是為了要買一個腳底按摩器給媽媽做禮物。

那一次，在假期裏跟媽媽去商場時，在售貨員游說之下，媽媽試用了一款腳底按摩器，天天長時間站立工作的她，好像很享受似的，而且看得出她不願意站起來。可是她最終沒有付錢買那部按摩器，她說：「有餘錢的話，留給你買參考書或給弟弟買故事書好了。」

靖文決心在母親節時買來那按摩器作禮物，除此之外，她還希望在學校考試中，名列首三名之內，好讓母親高興一下。

她決心不惜一切，為守護母親而努力。

忠毅也知道靖文緊張母親、緊張學業，每次通電話她都常常催他掛線。

「靖文，你有沒有補習？」他問她。

「補習？哪來的錢？」

「可以不用錢的。我家為我請了三個補習老師，為我補習中文、英文和數學，反正他們只教我一個人，多你一個也不礙事。他們都是名校的資深教師，一定會對你的成績有幫助的。」

「這麼説，叫我到你家和你一起補習嗎？」

「嗯，如果你不介意的話。」

「我有那麼多事情要做，哪有時間山長水遠的去你家補習？」

「我叫他們去你家補習也行，我想他們也不會介意的。」

「就算他們不介意，我家這麼小，怎好意思請他們來……」

「靖文，我只是想幫你，只是不想你那麼辛苦……」

「忠毅，我也知道你關心我，可是，其實我只需要一個可以讓我靜心溫習的時間和空間而已，如果沒有事情讓我心煩、憂慮的話就好了。」

「你有什麼事情心煩、憂慮的，可以告訴我嗎？我一定會為你分擔的。」

「遲一些才告訴你吧！哎，我要掛線了。」

「你又忙着去做家務嗎？都這麼晚了……」

「不，我要出去了！」

「出去？這麼晚了，已經十一時多了哩！」

「就是已十一時多，我才要趕着出去。」

「這麼晚一個女孩子出去太危險了，我記得報章報道，說石硤尾邨這陣子有『扑頭黨』出現，這很可怕啊！你這時候出去很危險的！如果你真的要出去的話，請你等一等我，我來你家陪你一起出去吧！」

「你不明白的了，就是因為有『扑頭黨』我才要出去……」

「什麼？因有『扑頭黨』才要出去？這是什麼道理來的？」

「快趕不及哩！我要掛線了，再見，忠毅。」

靖文說完，就飛快的掛了線。

看見客廳中在雙層牀下格的弟弟已經睡了，她輕輕為他蓋好被，才去拿鑰匙、錢包準備出門。

站在門前，她想起必定要多帶一件東西，環顧家中的簡單傢具，她首先走進廚房，看見放在架上的大菜刀，她拿起來看看，菜刀反射出來的光芒實在嚇人，萬一帶了出去，被人奪了，那不反成了對方的武器？

她放下了菜刀，又拿起一柄餐刀，這不正像武俠劇中看到的匕首嗎？帶在身上，別人不容易發覺，就帶上這一柄吧！

可是，剛關掉廚房的電燈，她又想：這柄餐刀算是攻擊性武器嗎？好像聽説過攜帶攻擊性武器是犯法的，萬一在途中遇上警察，這豈不糟糕？

她左思右想之後，又把餐刀放回廚房。出了大廳，她苦惱地環視廳中的一切，可惜家中沒有壘球棒，如果有就好了。

她的視線經過書架，那本厚厚的《牛津中英文雙解字典》也許合用，而且就算多晚，帶上一本字典出外一定不會犯法。

靖文從書架中取下字典，用力揮動。哎呀，單手拿不到，一定要雙手拿才成，可是，另一隻手要拿鑰匙、錢包的呀！要找一樣可以用單手拿走、揮動的才成。

她又把字典放回去，在家中踱來踱去，看看廳中的大鐘，已經很晚了哩！得快點決定才成。

她瞥見放在傘架上的幾把雨傘，被一把黑色的男裝雨傘吸引了。這是爸爸留下來的雨傘，聽媽媽説，造這把雨傘的鐵材可堅固哩！嗯，就選這個吧！

她用右手拿起雨傘，揮動了幾下。這把雨傘頗重，證明也有點殺傷力，但揮動起來倒也靈活，該是合用的。

於是，靖文滿意地拿了雨傘出去，臨出門前，她不忘跑到洗手間照一照，看着鏡子中架上厚眼鏡的自己點了點頭，然後又隨手把頭髮撥亂了一點。

到了街上，她感到有點涼意，也顧不得這麼多了，再回去拿衣服一定會耽誤時間的，她只好快步向前跑。

前面就是石硤尾街市了，這深夜街市都關了門，門外黑漆漆一片，有點嚇人。

她想起那篇報章的報道，那次的「扑頭黨」搶劫事件，不就是在這附近發生的嗎？當時的時間也和現在差不多，被劫的，還是一個中年男子！一個強壯的中年男子尚且被襲至頭破血流，何況一些老弱婦孺哩！

那些歹徒真兇殘，只搶東西也就算了，還要傷人，用那些大木棒去砸人的頭，不單令人頭破血流，還隨時會害人喪命的。想到這裏，靖文打了一個寒噤。

她把手上的雨傘握得更緊，準備隨時揮動它。

遠處的巴士站旁，一條人影正向這邊移近，極少在夜間外出的靖文的心揪緊了，她像一隻處於作戰狀態、豎起毛、弓起背的貓兒，她把手中的雨傘握得更緊了。

人影漸漸趨近，哎，那身影有點熟悉，那人身上的外套不就是今天早上媽媽穿着出門的那件嗎？她趕上前去，看見頭髮比自己更凌亂的媽媽，她拖着大串膠袋急步疾走。媽媽，你為什麼打扮成這樣子？

＊＊＊＊＊

初秋的天氣已有點涼，特別是一個人走在這寂靜無人的街上，靖文的媽媽揪緊了衣領，低着頭急步往前走。

可是，她又想到不該低着頭，因為在這種夜晚，獨個兒在街上走是危機四伏的，她必須抬高頭保持醒覺、戒備。

她隨手又把頭髮再撥亂了點，回頭看身後那串膠袋有沒有掉下一個半個來。

偶爾，聽到從左右、前後方傳來的零星腳步聲，也令她悚然以驚，她想起手提袋裏有一柄伸縮小刀，可是，用什麼方法可以在最短時間內把它拿出來，並且打開呢？

於是她想到，還是把小刀握在手中好一點。

她必須好好守護自己，在這獨行的夜裏，保護自己免受傷害，也保護自己的財物免招損失。雖然自己頸項上、手腕上也沒有飾物，連丈夫送她的結婚指環也除了下來，可是，錢包裏那一、二百元，她也不想損失掉。一、二百元，已足夠為靖文買對新球鞋，或者為阿弟報讀珠心算班了。

她常告訴自己，「手頭」鬆動點，一定要為靖文買一對新球鞋。她現在穿的那一對，又舊又髒，而且，是在石硤尾街市裏買的冒牌貨，她已經讀中三了，穿這樣的球鞋出去會給同學取笑的。

她聽安老院的同事説過，他們會帶孩子到旺角的體育用品店買球鞋，有一個較流行又便宜的年輕人牌子叫Vans，普通一點的球鞋只需三百多元，如果等到店舖打折的時間，花大概二百多元便可以買到一雙。

帶孩子到旺角買球鞋，對她的同事來説是一件容易的事，因她們有丈夫，兩個人工作加起來的收入，養活一、兩個孩子不是太困難，有餘錢的話，還可以為孩子買一、兩件奢侈品、報讀一、兩個興趣班。

説起興趣班，她想帶阿弟去報讀珠心算班已經許久了，阿弟數學科的成績最差，同事們説讓孩子去學珠心算，可以令他們對數學更有興趣，計算也會更快更準。六節課的珠心算班，學費是四百八十元，這本來不算貴，可是，兩個孩子開學買課本已花掉了她的所有積蓄，為阿弟報讀珠心算班，實在要再省吃儉用一點才行。

如果丈夫還在，兩個人一起工作，該可以輕鬆地讓孩子讀點興趣班，可以讓靖文去學許多女孩子學的鋼琴，可以讓阿弟去學拉小提琴或繪畫什麼的。如果丈夫還在，她甚至不必為阿弟報讀珠心算班，因為丈夫在國內是小學的數學教師，對珠心算最熟悉不過，就乾脆由他自己來教好了。他在過世之前，常對她説要讓孩子們接受最好的教育，要讓他們發展興趣、拓展知識⋯⋯。

他說，看過一段報章報道，原來，貧窮可以一代一代傳下去的，這叫「跨代貧窮」，因為貧窮的家庭不能給孩子最好的教養，令他們長大後也較難找到好出路，所以他們一定要給孩子最好的教育，絕對不可以讓下一代繼續貧窮下去。

丈夫因為肝病離世，在病牀前她對他承諾過，她會給孩子最好的教育，無論多辛苦，她會撐下去的。

他用微弱的聲音對她說：「這不太辛苦你嗎？你一個女人怎撐得住？」

她滿眼淚水，堅定的說：「我一定撐得住的，我一定會好好守護他們！」

她沒有違背自己的承諾，可是，卻想不到原來要守這個承諾是那麼吃力的。

丈夫離世的那一年，靖文才十歲，阿弟才七歲，那一年開始，靖文要照顧弟弟，打理家務、做飯……

而她開始要身兼三職，早上去寫字樓做清潔，下午去附近的住家當鐘點工人，夜裏還要到自己住的屋邨倒垃圾。

前一、兩年工作難找，薪金又少，她要身兼三職，才養得活一家三口。

在屋邨裏倒垃圾賺的錢比較多，收入也較穩定，這是她多番向屋邨管理員打聽、拜託，才找到的工作，幹這份工作，最辛苦的不是要從事體力勞動，也不是忍受垃圾的污穢與惡臭，而是鄰居的目光和在她背後說的話。

她害怕鄰居好奇或同情的目光，他們在背後說的話，更令她心酸。

「沒見過這麼年青去倒垃圾的，沒其他工作好做嗎？這不是跟阿伯、阿嬸爭奪飯碗嗎？」

「她的丈夫死了，她才要幹這種粗活。年紀輕輕就守寡，一定是前生或今世做了錯事，才把丈夫給剋死的，現在就要為自己作的孽受苦了。」

「看她眉清目秀的，怎幹得這麼艱苦的粗活來？而且，她自己也住在這屋邨，難道不怕子女的自尊心會受損嗎？」

她聽了這些話，雖然感到心酸，可是，她教導子女，倒垃圾也是正當職業，只要勤力、盡責，是會得到其他人尊敬的。她認為這樣辛苦工作，可教導孩子們自力更生的重要性，只要自己有能力工作，千萬不要依賴他人，成為社會的負擔。

有一個晚上，她如常逐家逐戶的去清理垃圾，突然感到有人站在她的前方，抬頭一看，那竟是她除了子女之外，在香港唯一的親人——姐姐。

「你的生活這麼苦，為什麼不告訴我？」

姐姐雙眼中飽含着淚水，問她這樣的話。

「你也有自己的家庭，我不想加重你的負擔……」

「可是，從前你在家裏是老么，家務也不用你來操勞，可是你看現在的你，弄得一身髒兮兮的，還這麼勞苦，這怎不令姐姐心疼……」

看見姐姐的淚水愈流愈多，她也流下淚來。

這一晚之後，姐姐努力為她找工作，拜託了許多朋友，才為她在一間安老院裏找到護理員的工作。

可是這種工作的薪金也不多，也還是一樣要做粗活、髒活，要把不能活動的老人家搬來抬去，又要為他們洗澡，清潔大小便，但得到這份比較穩定的工作，她滿足了，然而要應付家人的開支，這還是不夠的，於是她向院長提出要多兼半更，即是一天工作十二小時，因為願意做夜更的人不多，院長也由她了。

她不怕工作辛苦，只是，因為要多兼半更，夜裏要十一時多才下班。

她不是怕黑，只是這裏出現過「扑頭黨」，不但搶去了事主的金錢，還因為從後重擊事主頭部，令他身受重傷。

一個健壯的男子尚且會遇上「扑頭黨」而受重傷，何況她這樣的一個弱質女子？

她要好好守護自己，是為了能夠繼續守護一雙子女。

她沒時間去學什麼自衛術，也捨不得那半更夜更的工作，這怎麼辦呢？

有一趟，她下班時遇上一個拾荒的老婦，給她嚇了一跳，她靈機一觸，想到：這一身破衣的老婦，該沒人會打她主意吧！

由這天起，她每天帶着從前倒垃圾時的又舊又破的衣服上班，下班時就換上這些衣服回家。

她也故意把頭髮弄得凌亂，這才像一個拾荒婦人呀！可是，她又想到，也許那些「白粉佬」會連拾荒婦人身上的一百、幾十塊錢也不放過，不如，就索性扮作瘋婦吧！

她刻意留心過，街上的瘋子總愛拿着一大堆爛膠袋、廢物。於是，她也找來一大堆破膠袋。上班時，她就把這些破膠袋放在一個大膠袋裏，下班時，就把這些膠袋一個個取出來，一個連着一個，然後把這一大串膠袋背在背後走，從後面看來，必定像一個瘋婦吧！這該沒有人敢走近她、打她主意了。

每次下班換上這套髒衣服去乘巴士，車上的人都嫌惡她，看見她坐近就走開。這種厭惡的眼神、態度，令這個才三十多歲、本來樣貌娟好的女子十分難受！可是，她安慰自己，這麼多人嫌棄她，代表她裝得像，那麼在回家的路上總會安全點了吧！

雖然這樣，她每天下班路過那條石硤尾街市外的幽暗路徑，仍是戰戰兢兢的。這個晚上，當她低頭走着的時候，好像感到前面不遠處有一個人影，可是，抬頭一看，卻什麼也看不到。

然後，她感到身後好像有人在跟蹤她，她走快一點，後面的人也加快腳步，她走慢一點，後面的人也減慢步速。

怎麼辦？該大聲呼叫嗎？她顯得六神無主了。

*****

阿成每個星期六也會心情興奮，因為十點鐘之後，他會趕往港澳碼頭乘船到澳門去。

每個週末這段可以「博殺」的時間，是他很期待的，幹了一個星期六天的煩悶工作，就是等待這天，如果手氣好、手風順的話，「博」它幾次「大小」，贏個一萬幾千，就可以在朋友面前大顯豪氣，做一次大豪客，請他們吃一頓魚翅、龍蝦，讓他們羨慕一下，聽他們説一番奉承的話也是好的。

如果剛巧在運頭之上，在輪盤、百家樂上面贏個十萬八萬，也不是沒可能的事。他的同行，也是做司機的阿勝就是在三、四個月前在澳門的新賭坊贏了十多萬，到了三、四個月後的今天，同行們還在津津樂道，如果自己可以打破他的紀錄，贏得二、三十萬，那麼，不在同行之間傳誦一時才怪哩！

他們做司機這一行的，被許多人認為是沒出息、沒出頭的。當司機難道會發達嗎？會升職嗎？可以升什麼經理、主管嗎？沒指望的了。尤其是他這種家庭司機，每月的薪金是固定的，不會像以前做計程車司機時一般，可以多努力就賺多點錢。太太憂心計程車司機工作時間和收入也不穩定，所以託外家的人為他找了這份工作。

這工作只服侍一家三口——先生、太太和忠毅少爺，頂多每天一次載女傭去買菜吧！工作頗清閒，有時實在清閒到令人納悶。

就因為太清閒，令他差不多已戒掉的惡習又回來了。因為常常要把車泊在路邊等先生下班、等太太購物、等少爺下課，在等的時候，不免會打電話跟朋友閒聊，聊呀聊，又會談哪個朋友賭波贏了多少，哪個朋友的朋友又在澳門的賭場贏了多少。

他總不相信他的「手氣」會不及他們，於是心癮一起，便約他們去澳門碰碰運氣，誰知道一發不可收拾，自此每個星期五或六，他也會和他們去碰運氣，有時候甚至一星期會去兩次。

去澳門當然是瞞着家人的，免得孩子的媽媽又會多嘮叨。他只説是先生夜裏要用車，在這裏留宿比較方便，於是便可以去澳門賭一個通宵。可是這陣子在賭桌上的手氣不大好，有兩、三個月發了薪金之後就輸掉了，連家用也沒得給，更別説給爸媽兩位老人家的零用錢了。他又騙家人説這陣子先生公司生意不好，資金周轉困難，要遲一、兩個月才可以補發薪金，他們竟也相信，他媽媽還悄悄把他拉到一旁，將她幾千元的養老金交給他，讓他暫時應用，還説千萬別讓孩子餓着、沒錢交學費。

他也知道用老媽的錢是不對，可是他想：説不定他拿了這數千元去澳門博一博，就可以把過去輸掉的統統拿回來，到時，他不單可以把雙倍的錢還給媽媽，還可以把幾個月的家用給太太，更可以帶孩子去大吃大喝、去海洋公園玩……

想來，也已經好幾個月沒帶孩子出去玩了，沒錢又怎帶他們出去玩呢？而且多點時間留在家裏，就多點時間聽太太嘮叨，為了躲開她，他寧願躲在車中睡懶覺。

昨天拿了老媽的幾千元之後，他就打電話給朋友阿光約他一起去澳門，打算一下班就去。這兩天先生、太太去了外地短遊，他應該在晚上十時就可以下班。誰知道，當他正趕乘地鐵去港澳碼頭的時候，手提電話卻響起來，女傭對他説：「阿成，你快回來，少爺要用車啊！」

「少爺要用車？現在已經十一時了，少爺還要用車？」

「沒騙你的，少爺要出去，這麼晚了，你一定要回來載他去。我本來不讓他去的，但他堅持要出去，讓他乘計程車太危險了。出了什麼事，先生、太太回來我怎麼向他們交代？」

「但是……」他怎可以對她說自己正趕着去澳門呢？

「別再說了，你趕快回來吧！再不回來，我攔不住少爺的話，就由你負責了！」

他唯有打電話給阿光，叫他等一下，希望少爺外出只花一點時間，他還是可以趕去澳門的。

他乘地鐵趕回去，看到忠毅已站在車房門外急得像什麼似的。

他趕快用鑰匙打開車房大門，駕駛房車出來，讓忠毅上車。

「少爺，我們要去哪裏？」他問。

「成叔，你記得上次去過的石硤尾街市嗎？」忠毅反問。

「石硤尾街市？這麼晚了，街市早關門啦！你還去那裏幹嗎？」

他但願能令忠毅打消外出的念頭。

「成叔，石硤尾街市附近是不是有公共屋邨？」

「公共屋邨？是白田邨還是石硤尾邨？」

「我不知道，靖文該就住在這兩條屋邨中的其中之一吧！我們到附近兜幾個圈看看吧！」

「靖文？那是少爺的朋友？你打個電話給她，不就可以弄清楚她住在哪裏了嗎？」

忠毅給他這麼一問，竟臉紅起來。

「你不要問這麼多！請你在那邊轉個圈看看吧！要特別留意有沒有一個女孩子獨個兒在路上的……」

原來是有關女孩子的，阿成想：這個讀中四才十五、六歲的小少爺，説不定是情竇初開了，這麼晚也要出去找這個女孩子。糟了，一涉及男女的感情事説不定要糾纏兩、三個小時，那我還用去澳門嗎？説不定今天正鴻運當頭，可以大殺三方，如果改天才去，好運説不定就溜走了。

他唯有盼望他們遇不上那女孩吧！

他先把車子開到白田邨，路上並沒有單身年輕女孩的人影；然後，他再把車開到石硤尾邨，間中看見兩、三個年輕女孩，忠毅叫他把車開近一點讓他認一認，可是，每一次也令他失望。

「少爺，説不定你説的那個女孩子已經回家去了哩！」

他希望讓忠毅快點打消找那女孩的念頭，早點打道回府就好了。

「成叔，這兒附近還有其他公共屋邨嗎？」少爺真的鍥而不捨。

「有的，這附近還有南山邨，可是，我們這樣找下去也不是辦法啊！」

「再找找吧！説不定很快可以見到她的……」

當阿成正想在石硤尾街市前的迴旋處掉頭時，忠毅卻把他叫住。

「前面那個好像是她，成叔，請你開慢一點，讓我看清楚！」

唉，快點遇上她，讓事情快點完結就好了。阿成把車速減慢。

「對了，那是靖文……成叔，請你再開慢點，跟在她身後，別讓她發覺……」

「別讓她發覺？你不是來找她的嗎？」

「不，我只是想在她外出的時候守護她，直至她平安回家便行了。」

「難道她每次外出你也這樣跟着她？」阿成問。

如果真的如此，這還了得？他還用去澳門嗎？阿成心裏不禁埋怨。

「只要她要在這麼晚才出去，我還是會這樣守護她。她要是每晚出去，我就每晚守護她。成叔，放心吧！我會請爸爸多給你加班費的。」

「可是，少爺，為什麼不索性請她上車，和她説好我們每次在她外出時管接管送就行了，這不就省卻了我們在路上找她的時間嗎？」

「靖文她不會肯的，她不是隨便接受別人恩惠的女孩。況且，守護她只是我一個人的意思，看見她平安回家，我才安心。」

「不錯，是你一個人守護她，可是，卻要我陪你一起花時間啊！」阿成這樣想。

「聽説這個區治安不好，晚上還會出現『扑頭黨』哩！少爺，你這位朋友這麼晚外出幹什麼？」

「我也不知道，我也想知道啊！」

這時，阿成看見走在前面的靖文突然停下步伐，躲到一根柱子後面，然後，她開始朝反方向走，亦步亦趨地跟在一個人後面。

「少爺，我實在不明白，這是怎麼搞的？我們在跟着這位小姐，卻原來這位小姐又在跟着另一個人？這是什麼玩意兒？你們在玩跟蹤遊戲嗎？」

「不，成叔，我現在明白了。我們不是在玩跟蹤遊戲，我們只是都在守護自己着緊的人。靖文跟蹤着的，該是她媽媽。她媽媽為了守護她的一雙小兒女，每天辛勤工作，早出晚歸。而因為這陣子這區出現了『扑頭黨』，所以靖文才在夜裏跑出來守護母親，讓她安全回家……」

「那麼，少爺你又在守護着這位靖文小姐，直到她安全回家，是嗎？」

「對啊！如果此後靖文每個晚上出來守護她媽媽，那麼，我也會每晚出來去守護她。這又要勞煩你了，成叔。」

奇怪地，阿成聽到忠毅的話，竟然沒有感到厭煩，也沒有再想着怎樣趕去澳門，他只是陷入了深思。

作為年邁父母的兒子，他有像靖文一樣，不顧危險，去守護母親嗎？

作為妻子的丈夫，他有像忠毅一樣，為所愛的人默默地守護嗎？

想到這裏，阿成拿起了手提電話，第一個電話是打給阿光，告訴他不去澳門了。第二個電話是打回家的。

「阿寶嗎？是爸爸啊！爸爸在加班之後會回家，買夜宵回來，和你們一起吃，你要告訴媽媽和爺爺、奶奶，叫他們等我回來一起吃夜宵啊！」

掛線之後，他仍然開着車，在靖文兩母女身後守護着她們。

將近回到家住的那棟樓，走在最前的靖文媽媽突然停下腳步，回過身來，用感激的目光看着身後的女兒，眼睛裏飽含着淚水。

靖文上前緊緊握着母親的手，她不知道，原來母親早已發現了她。

走了幾步，靖文母親在她耳邊説了幾句話，靖文回過頭來，發現身後有一部銀灰色房車，透過車頭的玻璃，她看見裏面的忠毅，此刻，她的雙眸也透射出感激的光芒。

現在，請你也回頭看看，你會發現，原來在我們的身後，都必定有守護我們的人。

帶你認識——石硤尾邨

地理位置：

九龍深水埗區石硤尾

簡介：

石硤尾邨是全香港首個由政府興建的公共屋邨。

第二次世界大戰後，中國發生內戰，大量難民湧入香港，石硤尾是其中一處難民聚居之地。一九五三年十二月二十四日石硤尾寮屋區發生大火，波及石硤尾上村、石硤尾下村、白田上村、白田下村、窩仔上村和窩仔下村，令五萬多名居民頓失家園。

石硤尾大火後兩個月，工務局在火災原址興建了兩層高的過渡性房屋作應急之用，稱為「包寧平房」。政府其後以鋼筋混凝土建造更牢固的房屋，首批共八幢六層高的徙置大廈於一九五四年底建成，為香港公營房屋發展計劃揭開序幕。

按照政府在一九八七年發表的《長遠房屋策略》，香港房屋委員會開始「整體重建計劃」，於一九九〇年決定重建部分石硤尾邨，把殘舊和不合時宜的大廈拆卸，只保留其中一幢美荷樓，原為第四十一座，即是首八幢於一九五四年興建的「第一型」徙置大廈之一。美荷樓於二〇〇四年停用及關閉，翌年獲評為二級歷史建築。二〇〇八年政府推出「活化歷史建築夥伴計劃」，香港青年旅舍協會獲選活化美荷樓，成為現代化旅舍，於二〇一三年十二月開幕，設有一百多間客房，附設「美荷樓生活館」，展出香港公共房屋發展及民生歷程。

石硤尾邨為九龍西及深水埗區首條及目前唯一提供過萬單位的公共屋邨，現時共有二十一座樓宇。石硤尾街市所坐落的石硤尾邨第十九、二十座，是在七十年代由香港最早的徙置大廈重建而成，政府亦把徙置區眾多小販安置到石硤尾街市。

邨內及附近設施：

* 石硤尾街市
* 石硤尾公共圖書館
* 石硤尾社區會堂
* 石硤尾邨服務設施大樓
* 賽馬會創意藝術中心

邨內及附近中小學：

* 惠僑英文中學
* 寶血會上智英文書院
* 聖方濟愛德小學

著名居民：

* 知名國際導演吳宇森
* 電台 DJ 路芙

第四部分

藥油味故事

一、水仙花的年代

這是北角邨一個五百呎的單位，是姓劉一家人從親戚借來住的地方。

俗語説得好：有人辭官歸故里，有人連夜趕科場。劉姓一家剛要從新加坡回香港，其親戚卻要舉家移民到新加坡，他們正好可以交換屋來住。劉家在新加坡的大宅有二千多呎，還有屋前花園，但不能計得這麼仔細了，要認真收起租來，北角邨這個幾百呎單位的租金，可能比新加坡那花園洋房還要貴。

北角邨位於香港島東區北角海旁，鄰近北角碼頭及巴士總站，是香港屋宇建設委員會一九五〇年代發展的廉租屋邨之一，由於位處於渣華道，最初稱為渣華道廉租屋邨。一九五八年一月全邨落成，當時被譽為「亞洲最壯麗的工程」，亦是當時香港最大型的住宅項目，主要為小康家庭提供優質居所，其特色是每戶均有獨立廚房及廁所，更有露台和固定間隔房間，並設有升降機，有社區禮堂、商店、巴士總站、郵政局及碼頭。這種種設施都是香港公共房屋首次出現的，而且北角邨是香港罕有於海邊興建之公營房屋，加上地處市中心，北角邨一度成為低收入家庭中的「豪宅」。

房子是小了點，但老人家回香港還不是圖這親密點的感覺嗎？人老了，兒孫最好時常圍在身邊，還有最好一到街上就能見老街坊、老朋友。

北角這地方劉家從前可住過多時，真該有點老街坊老朋友在的。姓劉的這個兒子和媳婦還真肯體貼老人家，老人家說要回來，兒子就結束生意回香港。這其中，兒子想來香港闖一闖的原因總是有的，但媳婦是南洋土生華僑，在香港生活未免不慣，也許她也想見識香港的繁華。

幾百呎的地方就有三房一廳，兒媳住一間，老人家與小女孩就每人住一間。

當然房子不大，但進出來回總還是累人的。劉家的媳婦叫慧雲，約莫三十歲，這天穿了件棗紅色絨布上衣，看上去還不顯老，只像二十來歲的白領麗人。

她忙進忙出，一時打電話給丈夫，一時打電話給家庭醫生，一時又拿厚衣、棉被。不是老人家有事，倒是小女孩從小就有哮喘病，一發作起來，進出醫院急症室是免不了的。

小雪前天晚上剛從醫院回來，今天早上因為變天氣又發作。慧雲兩天沒好睡，今天又起得早，忙了一個早上，看見女兒睡了，自己也坐在廳中假寐。因為怕小雪着涼，她不敢進房裏睡。

朦朧中，聽見老人家在廚房裏拿碗碟的聲音，抬頭看見他進小雪房裏去了，他該不會給生冷的東西小雪吃吧！該是小雪醒了想喝水，但老人家拿小匙又是為了什麼？她想想不放心，就進小雪房裏去看。

「爸，你給小雪吃什麼？」

老人轉過身來，手中拿着一瓶藥油，她臉色一青，忙問：「爸，你不是給她吃這藥油吧？」

「是啊！這可以止哮喘。」

「怎麼會？這種藥油是外用的啊！」

「白花油的藥性我最清楚，我連它的成分、分量也還記得絲毫不差。」

「但裏面有樟腦的，怎能吃！」

「我就吃了幾十年，還能清喉潤肺哩！」

「但小雪是小孩子啊！」

她走近去看女兒，女兒閉着眼沒聲響，她急起來，使勁搖她。

小雪睜開眼，說：「媽，我沒死，只是不喘氣了。」

慧雲放開她，坐在牀邊看着爺孫倆，不懂說什麼。

「我不是說了這油是最安全的嗎？年輕時我們這班工人有了什麼事都用它。」

「爺爺不是說找一天給我說白花油的故事嗎？」小雪坐起來，饒有興味地說。

「現在說？不知道你們會不會嫌煩嫌古老？」

慧雲摟着小雪，小聲說：「怎會！我們一齊來聽故事。」

劉星逐漸走進回憶中，那個白花油的年代，是顏氏家族輝煌的年代，也是自己寶貴的年輕時代。

*****

和興白花油是顏玉瑩先生創立的。他生於一九〇〇年，是漳州人，父親是一位中醫師，他十多歲時隨父親到新加坡謀生。

顏玉瑩離鄉別井，到新加坡這個陌生地方，很多新事物要適應。新加坡又是一個多民族國家，家附近住的「馬拉仔」，見他初來乍到，常欺負他，或藉故向他挑釁。被欺負多了，也曾經和那些「馬拉仔」打過幾次架，他們仗人多，使他備受欺凌。因緣際會，他到了當地的竹林禪寺習武，既可強身健體，又可以不怕再被人欺負。耳濡目染，他在這裏對佛教亦有點領會。

年紀稍長，顏玉瑩到了一間辦館打工，他勤儉又喜交際，不久就當起老闆來。因為經營有道，業務發展起來，他既在新加坡經營辦館，也在檳城開設糖果廠，辦館的業務包括船上的包伙食生意，他每天都親自送伙食到泊在海岸的遠洋輪船上。

和船上的人混熟了，他結識了一位德國醫生，是船上的隨行醫生。這醫生閒來喜歡研究生草藥，經過多年的研究，他發明了用薄荷油、冬綠油、桉葉油、薰衣草油和樟腦混合調製的藥油，這種藥油對熱帶地區暑熱瘴病很有療效。因為與顏玉瑩友好，又相信他的為人，於是在臨離開新加坡時，將配方送給他，希望可以給有需要的人使用。

顏玉瑩如言根據配方試製，並將製成的藥油送給親友用，當時的反應是出奇地好，親友紛紛鼓勵他把藥油拿出去賣，於是，一九二七年，顏玉瑩開始製藥和銷售的生意。

「白花油」之所以得名，是因為顏玉瑩喜歡水仙花，就索性把藥油的名字叫白花油，作為藥油商標的白花，就是水仙花。他在新加坡設廠正式生產白花油時，約三十多歲，為了專注於這事業，他還結束了辦館和糖果店的業務。

那時白花油的業務，除了在新加坡檳城一帶，還擴展到香港，香港的代理是「余仁生」藥業。因着白花油的效力顯著，香港一地常發現假油，顏玉瑩特地去香港調查。他在香港除了調查假油外，還發現由於訂價太高，銷售網不足，白花油在外地的銷售情況並不理想，他認為在香港發展的潛力是很大的，於是決定在香港開設白花油廠。

一九五一年，白花油正式在香港投產，新加坡那邊則結束了。當時只是顏玉瑩一個人在香港打理業務，妻顏劉崑珠和子女則在五六年才搬來香港。

白花油廠最初設在港島的英皇道三七二號後座，員工不到十人。白花油當時面對的競爭對手主要有胡仙家族的萬金油和韋基舜家族的二天油，競爭是很大的，而且這兩個牌子在香港已很風行。白花油初開業時，店舖都不肯拿貨，甚至連寄售也不願意。顏玉瑩自己和幾個員工在生產、包裝藥油的工作完成後，就拿着籐籃向每個商戶推銷。

由於顏玉瑩努力工作，加上廣交朋友，擅做宣傳，又熱心社會公益，終於令白花油的業務穩步上揚，白花油也日漸成為香港人熟知的名字。

二、宵禁區的來客

在五十年代以前，新界鄉村多數人是從事耕種的，中國南方人都是以稻米為主要糧食，番薯芋仔及粟類為輔。

新界打鼓嶺範圍內有山雞乙村，山雞乙分上、下二村。上山雞乙村已有百餘年歷史，林姓村民之祖先最初由深圳塘尾仔遷來，以農耕為主，開枝散葉，人丁興旺。稍後再有劉蔡兩姓人士入村定居。五十年代後期，該村共有村民二百餘。

這些日子以來，香港連日豪雨成災，上山雞乙村三鄉劉家，正為本來可以收割的稻米血本無歸而憂愁。

劉營對妻子說：「這一趟連下季的穀種也沒着落了。」

妻子也無言以對。

大兒子劉星突然站起身說：

「我要出香港闖闖，這種望天打卦、看天做人的生活我不要過了！」

「我們是農人就離不開土地，劉家世代務農就沒有人哼過一聲、怨過半句！」劉營說。

「就是這樣，我們才窮死一世！出香港找工做，人工再低，也不會捱死了沒糧出，像現在血本無歸。」星說。

「讓他去闖闖也好，反正我們有三個兒子，還有兩個可以幫忙。」星母說。

「阿二才十四歲，阿三才十歲，幫什麼忙？我告訴你，我們姓劉的就是世代農夫，望天打卦的。」劉營有點動怒，他為兒子看不起自己的工作不悅。

「我出香港賺了錢回來，你們也不用耕田了。」星說。

「這是什麼話！我就是靠耕田養到你這麼大，你這樣說會被天打雷劈的。」劉營更激動。

「你這樣安分還不是一樣天打雷劈，上天何嘗有憐憫過我們？」

「你⋯⋯你説我被天打雷劈！你這忤逆子。你出去！出去了就不要回來，我們這些耕田的窮死一世，配不起你！」

劉星站起身就走，什麼也不帶，在門口對母親説：「媽，我賺到了錢就會回來。」星母追出去，嚷：「星，你沒有通行證，會被警察拉的！」

星沒理她，已經跑遠了。

一九五〇年香港政府在新界邊境實施宵禁，那時新界的宵禁區，宵禁時間達八個小時之久。在該區生活的居民，夜間不准外出，除非領得宵禁通行證，否則即時拘捕，執行得十分嚴格。

星因為夜裏路黑不認得路，走呀走的竟迷了路，走到了馬料水。走得累了，就坐在路邊休息，赫然見到汽車的車頭燈照近，那是一架巡邏的警車。星突然想起自己沒有通行證，被警察抓到，隨時有被捕坐牢的可能。他立即跑到叢林裏躲起來，等警車駛過。當警車走遠了，另一輛車又駛來，這次是一輛私家車，車上有兩個男人。星怕警車走了又回來，索性硬着頭皮敲汽車的窗。車裏面約莫四十歲的男人絞開車窗，星説：「先生，行行好，救救我⋯⋯我出香港去找親戚，但迷了路，又忘了帶通行證，剛才遇到警車，真怕被他們拉了走，先生你行行好，車我出市區，我感恩不盡，一定會報答先生。」

駕車的約莫二十多歲的青年道：「也許你根本就沒有通行證，或者正被警察追捕。我們救了你不是惹禍上身！顏先生，別理他。」

「你到哪裏找親戚？」

「香港 —— 香港 —— 出到香港就行了，什麼地方也可以 —— 先生，行行好，好心有好報。」星實在不想讓父親去警署保釋他。

三個人眼前突然亮起燈光，是警車駛回來了。

「榮，讓他上車吧！從他的眼睛，我看得出他不是壞人。」顏先生對星說：「你上車吧！」

星立刻上了車，顏先生對向榮說：「先駛入崇基學院坐坐，反正我們很久沒見院長了。」

於是他們三個就在崇基學院逗留了二十分鐘，然後離開，一路上沒遇到警察。他們到了九龍，乘汽車渡輪過香港。

「你要到哪裏？」顏先生再問星，星答不出來。

「顏先生，別管他，我們駛回工廠，在門口放下他，別理他了。」向榮不耐煩地説。

星説：「也好，太麻煩你了。顏先生，他日我一定會報答你的。」

「也不用説報答，有什麼事再來找我吧！」

他們在北角英皇道白花油廠門外放下他，星下車時還再三向顏先生道謝。

過了幾天，顏先生外出的時候，看見一個人瑟縮坐在門外，他走前去施捨幾個錢，那人抬頭道謝，原來是他前幾晚救了的人。

「你怎麼還在這裏？」

「顏先生，我找了幾天找不到親戚，你可以收留我去你那裏打工嗎？我很勤力的！」星懇求。

「看來，這幾天你沒吃過飯吧！先進來吃點東西再説。」

顏先生回到大廈吩咐五嫂拿來飯菜，星狼吞虎嚥地吃起來。

向榮走出來看見星說：「你怎麼又來了？」

顏先生問他：「你叫什麼名字？」

「我叫劉星。」星嚥下一口飯說。

「讀過書沒有？」

「讀完小學，本來在新界耕田，想來香港找工作。」

「那也好，我們可以多請一個人跑街，到外面推銷你行嗎？但人工很少的。」

「行，做什麼也行的，有吃有住就行了。」

「那好，我們這裏白花油藥廠，二樓是工廠，上面四樓是宿舍，你就住在上面和向榮、貴叔他們一起吧！你先去洗個澡，過後貴叔會帶你到宿舍，好好睡一覺，明天再說吧！」

向榮在旁按捺不住說：「顏先生，你還不知道他是什麼人，就請了他！」

「我看他的眼睛就知道他忠厚勤力。來，阿星，這是向榮，是我們的金牌營業員，你要好好向他學習。」

「榮哥，多多指教。」星説。向榮沒答理他。

第二天，星起得早，六時多就坐在大廳等顏先生。顏先生見到他説：「我就知道你這人勤奮。」

他見其他工人還沒起牀，就帶星到工場。

「我們這裏是生產藥油的，我們生產的白花油，對感冒、咳嗽、蚊叮蟲咬、肌肉疼痛、皮膚痕癢、肚痛、舟車暈浪和頭痛，均有療效。」

「那不是萬應萬靈嗎？」星道。

「也可以這麼説。」

「有機會拿一瓶回鄉下給老媽用就好了，她常常頭暈。」星這樣想。

「白花油是用薰衣草、薄荷、樟腦、桉葉等混成的，我們先將全部原料研碎，提煉成油，然後裝進樽裏面，貼上標貼，入了盒就拿出去賣。我們現在人手不多，混油、選材料、包裝、入盒也是這些工人，然後男工們都會用籐籃裝了一盒盒藥油，拿到外面藥房寄賣。」

「顏先生，這些藥油是怎樣提煉出來的？」

顏先生見他有興趣，就逐樣逐樣原料教他，還動手教他怎樣混和調合。

這時，工人都來開工了，他們見顏先生教得入神，也不敢前來打擾。

貴叔説：「顏先生已很久沒親自混油了。」

阿華説：「這不是昨天來的鄉下仔嗎？」

向榮説：「我説他是大鄉里才真。」

五嫂説：「顏先生好像對他很好。」

貴叔問：「他是顏先生的親戚嗎？」

向榮不屑地説：「顏先生説從他的眼睛知道他忠厚、勤奮。」

「看眼睛？這個鄉下仔的豆豉眼傻乎乎的，顏先生是怎樣看出來的？」五嫂問。

「我怎麼知道？」向榮沒趣，逕自走向工作間工作。他想：「自己和阿華、阿文、阿南他們來的時候，顏先生也沒有親自教他們調油，他們都是由貴叔教的，顏先生為何對這鄉下仔這麼好？」

三、避風塘與生死戀

眨眼間星已經在白花油廠工作兩個多月了，每天做藥油入樽、封蓋、貼招紙、裝盒和包裝的工作，他上手得很快，效率也高，很得顏先生的讚賞。

這天，星有點心不在焉，他一見到貴叔，就拉他到一邊說：

「貴叔貴叔，入樽、封蓋、貼招紙、包裝等工作我已經很熟了，我想學調配方和混油。」

「混油這工序複雜，不是容易應付得來的，阿文、阿華和阿南已來了一年，我也沒教他們混油。現在除了顏先生，就只有我和向榮可以做這個。」

「我可以的，我可以的，你讓我試試吧！」星懇求。

「這還是遲一步再說吧！」貴叔想轉身走，星拉住他，纏住他求他。這時向榮正要駕車出去，貴叔説：

「你還是跟向榮哥出去，學習向藥房推銷吧！」

「貴叔，我不喜歡做推銷的，我的臉皮不夠厚，做不來。」

向榮聽了，不滿地睨他一眼。

貴叔續説：「我們的白花油質量最好，療效也高，就是未有二天油和萬金油那麼出名，有些藥房還不肯大量拿貨。你跟向榮出去學學推銷，説不定可以幫上顏先生的忙，你也好去見識見識。」

向榮大聲嚷：「這些厚着臉皮做的事，我怎敢叫星哥跟我去！」

説完就負氣走了。

往後兩天向榮沒跟星説一句話，星感到阿華、阿南、阿文他們也對自己有敵意，他們總在背後大鄉里、鄉下仔、鄉巴佬的叫他。

一天顏先生午睡醒來，跑去工場裏看他們包裝，星走到他面前對他説：「顏先生，我想學混油！」

全部工人也愕然了。

顏先生説：「你來了還不足三個月。」

「但是，顏先生，我對入樽、封蓋、貼招紙、包裝、入盒等工作已經很熟手，不信我做給你看。」

説完，星就熟練地入樽、貼紙、入盒。

五嫂説：「真快呀！不如你們幾個男工來比一比，看哪個做得最快？」

貴叔也拍手説：「好啊！」

幾個男工不甘被星專美，也紛紛説好，貴叔一聲開始，五個人就比試起來。

結果還是星佔先，向榮第二，阿華第三。

顏先生點點頭説：「包裝你不錯是很熟，但對白花油的原料成分，你不知道啊！」

「我知道的，顏先生可以考考我。」星說。

顏先生於是問他：「冬精綠油的功能是什麼？」

「止痛，也可減輕肌肉痠痛。」

「薄荷呢？」

「清涼、止痛，也可治頭痛、風濕痛和神經痛，也可減輕氣管炎、鼻敏感、鼻竇炎等。」

顏先生點點頭說：「答得很詳盡，還有桉葉油呢？」

「可以殺菌，也可以止痕和紓緩傷風、鼻竇炎的不適。」

「薄荷油呢？」

「可以殺菌，也可以作驅蟲劑。」

「樟腦呢？」

「可以止痛，也可以做驅蟲劑，還有薰衣草油，具有殺菌功能。」

一眾工人不由得佩服。顏先生大喜說：「問完了，你可以學習白花油的成分和調配了，貴叔，你教教他，如果有不明白，你來問我吧！」

「多謝顏生。」星忙不迭說。

貴叔說：「星，你真行。」

這天起，貴叔就教星配油，教了幾天，星已經很熟習了。

一天，貴叔沒空，就叫向榮代他教星。

「配油要很謹慎，成分要掌握得好，不能太多也不能太少。」向榮說。

「我知道的，這兩天我已學會了，貴叔教得很好。」星說。

向榮瞪他一眼，沒再理會他。

一會兒，星叫五嫂：「五嫂，我好像有沙入了眼，請你替我吹吹。」

向榮望向星，見他閉上眼在揉。

五嫂說：「你拿這瓶V老篤去滴眼吧！」她說完就走了出去。

星伸手過來取，向榮快手地將V老篤換了白花油。

星打開瓶蓋一滴，馬上痛得大叫：「好痛呀！」

五嫂急忙跑回來，嚷：「哎唷，你怎麼拿了白花油來滴？快去用清水洗眼！」五嫂拉他出去時，阿華在半路伸出腳來，絆了他一下。

星洗完眼回來工作，狠狠瞅住身旁的向榮，向榮說：「瞧你眼睛紅紅的，一看就知道你勤奮忠厚。」

其餘三個男工聽了哄笑起來，星敢怒不敢言。

這時聽見顏先生的聲音，他剛剛睡醒起來，接近放工時間，他大多來找工人們閒聊說鬼故事。

「昨天講到哪一段了，是講檳城旅館還是新加坡茶樓？」

「是檳城呀，顏先生。」貴叔説。

「是啊，南洋很多鬼的，那邊也盛行降頭，我今天給你們講一段降頭的故事。」顏先生興致勃勃説。

他講完一段，看見星半聲不出，眼睛紅紅的，便問：「星，你為什麼眼睛紅紅的？」

星沒答話，阿華説：「這個鄉下仔，不懂英文字母V字，連V老篤眼藥水和白花油也分不開，給眼睛滴了白花油。」

眾人又是一陣哄笑。

顏先生看看星，又看看眾人，已經明白了大概，他向五嫂和貴叔問個明白，知道了星和其他男工不和的事。

他對貴叔説：「我看得出來，星和向榮是我將來最可以倚重的人，他們不和，就像我的左右手打架，你替我叫向榮來。」

向榮來了，顏先生説：

「向榮，我知道你是醒目仔、世界仔，阿星只是個鄉下仔、大鄉里，你不應該跟他計較。阿星勤力但內向，他不會跟你爭的。貴叔老了，將來你替我打理對外的業務，工廠的事我還要依靠阿星。向榮，你是我的得力助手，我是不會待薄你的。」接着給向榮講了廉頗和藺相如的故事。

向榮點點頭。

顏先生續説：「阿星是個可造之材，就是太固執，太不懂變通了，你帶他出去見識見識，讓他開開竅吧！」

向榮答：「是的，顏先生。」

顏先生説：「向榮，你要有藺相如的量度呀！」

向榮點頭。

第二天，向榮駕車載星出去。

他們的第一個目的地是香港仔避風塘。

星問：「榮哥，你要吃海鮮嗎？」

「不是，你看看那邊！」向榮指向泊在岸邊的小艇。

星一望，在海面上，艇的後面張起一大幅一大幅的白花油廣告，幾十艘船泊在一起，真是壯觀極了。

五十年代，到香港仔食海鮮，是時髦兼顯闊的玩意，但香港仔當時並無碼頭之設，南區陸路交通又未發展，只得搭艇仔。

「顏先生就覷準這一點，向艇家大贈送，把白花油擺在船艙內，任由『暈船浪』的客人隨時使用。艇家一想是免費試用，也就答應。結果，搭客不論暈船浪與否，反正不花錢，都拿來試用，而白花油就從此漸為人認識。」向榮向星講述顏先生在避風塘賣廣告的故事。

「顏先生更靈機一觸，艇戶成千上百，在香港仔海面上，恍似連環船，如能在船尾張起一幅大廣告，整個食海鮮的範圍，都會看得清清楚楚。於是他即時行動，以月費形式，洽妥了在一百隻舢艇的船尾張掛白花油廣告的交易，實行連環船廣告上陣。」

「記得不久前，威廉荷頓來香港仔拍戲，在香港仔拍食海鮮，他們怎樣也避免不了將白花油的廣告攝入鏡頭，於是全世界看《生死戀》這電影時，也看見白花油的廣告。」

「顏先生的頭腦真厲害。」星禁不住讚歎，「可惜只是香港區有，九龍和新界區都沒有。」

「你錯了。」向榮説。

他們的第二個目的地是新界。新界鄉下的田邊，在車路兩旁有很多小木屋，小木屋是用木板搭成的，經不起風吹雨打，顏先生有天路過，想起可以將有白花油廣告的鐵板送給村民們釘在屋外面，那麼村屋既不用再受風吹雨打，白花油也可以收到宣傳之效了。

星看到由大埔到沙田公路兩旁也是白花油的鐵板招牌，不由得説：「顏先生真是利己利人啊！」

「是啊！顏先生做生意是不會損人利己的，他常説利人自然也能利己。」

他們的第三個目的地是九龍，把車停在紅磡的美芳戲院門外。

「怎麼？我們要去看戲嗎？」星問。

榮沒答他，逕自去買了兩張前座的票。今天演的是任劍輝、吳君麗的《仗義還妻》。二人進入戲院，甫坐下星就看到面前的布幕寫着：「紅伶任劍輝聲色藝全——白花油送贈。」

星看了，口張得老大，他想：「白花油的廣告真是無遠弗屆，無孔不入。」

「顏先生和紅伶大老倌：任劍輝、白雪仙、紅線女、芳艷芬、鄧碧雲、吳君麗等也很熟的。他常送藥油給他們，他們也愛用，一掏出來，大家看見了，也好奇試用。這些大戲布幕的作用也一樣，觀眾看得白花油的名字多了，總會有一次買來試的。」

星心服口服了，他說：「向榮，這些宣傳方法，我真要向你好好學習。」

「這些不是我想出來的，你回去請教顏先生吧！」

之後，星真常纏着顏先生問宣傳之道，於是顏先生每天放工前，除了講鬼故事之外，又給他講些伶人老倌的故事。

自此星對廣告宣傳和娛樂界的事有了興趣。

工廠那幢大廈的三樓，住了一名在夜總會工作的小姐叫Lily。星每天想些宣傳新點子，竟想到也可以在夜總會、舞廳宣傳，他聽人家説舞小姐認識的人多，懂交際，説不定可以向她討教。

而且這個 Lily，長得一點也不討人厭，她每天十一時起牀，常穿着綠色晨褸下來跟工人打招呼。

四、麗池夜總會最後一夜

星雖然是跟父親吵架跑出來的，但那時只是一時意氣，並沒有真的惱他。父親年紀大了，氣力不足，當然希望有個兒子幫他下田；兩個弟弟還小，而且又淘氣，連割禾和看守木瓜田也尚且做不來，能幫到些什麼？這陣子天氣忽晴忽雨，萬一母親的風濕發作起來，父親一個人怎忙得過來？

前一次跟向榮到沙田，曾回家一趟，那回父親說：「知道你平安我就安心了，而且你已經找到了工作，造藥救人是好事，白花油我也識得，還供食供住。我也知道一輩子做農夫是沒前途的，你阿爺和我兩代耕田還不夠麼？」

母親什麼也沒説，只忙出忙入為他執拾衣服，又揀幾瓶腐乳、醬蘿蔔、油浸鹹魚給他，拉他到房間裏問：「那邊的伙食還可以吧？」星不敢説：「比這裏好。」只説：「還過得去。」母親説：「那當然比不上家裏了。」然後悄悄把十塊錢塞給他。

星忙說：「應該是我給你才對，我發了薪水，這十塊錢是給你的。」他也從褲袋裏掏出十元來。

兩母子各拿着一張十元大鈔往對方口袋裏塞，直至父親要進來了，母親才把錢收下，說：「那我留着給你做老婆本。」

星要走的時候，母親拉住向榮的手不放，再三懇求他多關照阿星：「我這兒子『死牛一便頸』的，你不要怪他，要多多包涵，多多關照他啊！」轉過身來又拍着兒子的肩膊說：「你要多點向向榮哥請教啊！向榮哥你比他大吧？就請你當弟弟一樣關照他。」

星怕煩，硬拉向榮走了，父母親還在屋前遙遙望着，在黃昏的餘暉裏，父母親頭上的銀髮輝映着夕照。

哪天有空定要再回家一趟——星想着、想着，思緒被幾句歌詞打斷：

「父喪真不幸，並無近遠親，恰似飄零雁，家毀最難堪，痛失依憑，滔滔江水送行人，故鄉一別歸期莫問，……此去奢華地險惡人生更須謹慎，堪歎都市中世情薄，怕遭不幸……心如轆轤千百轉，有誰慰問？只有傾全力去謀生……」

是樓上的Lily唱的，她最喜歡靠近露台唱歌，星也是喜歡倚着欄杆想家。説來奇怪，每次Lily唱的歌，也像是衝着星的心情唱的。過了幾天，星跟向榮看完電影《檳城艷》回來，就聽見她在房裏唱：

「馬來亞春色綠野景緻艷雅，椰樹映襯住那海角如畫。花蔭徑風送葉聲夕陽斜掛，你看看那邊艷侶雙雙花蔭下。馬來亞春色綠野景緻艷雅，撩眼底那綠野花裏便掛，芬芳吐花與樹香美艷如畫，我最愛那，看日裏鮮花幻化。情侶們互吐情話，於椰樹下，若兩情心心相印，睹春光芳心更愛他……」(《檳城艷》同名電影插曲)

她唱得比電影中唱的那個還好，星在幻想，如果Lily是電影的女主角，一樣裝扮起來，肯定比那女主角漂亮些。

夜總會是怎麼樣的？阿星很好奇，他想去見識見識，也想知道Lily每天的工作。有一次，他問向榮去一次夜總會要多少錢，向榮吃驚的看着他，説：「去一次花你好幾個月人工哩！」

過了幾天，向榮又悄悄地對他説：「其實如果不帶小姐出街，大概一個月的人工就夠了，你什麼時候想去，我帶你去！」

星沒有答話，只是笑。

這天之後，星節儉起來，本來愛吃宵夜雲吞麵愛看洋人電影的，現在每次想起 Lily 唱的歌，就省下錢來不吃不看了。這個月託人帶回家給母親的錢也少了。

三個月下來，他儲了三十元，他想總夠了吧，於是就在一個星期六，下了班獨個兒去見識見識，他沒叫向榮同去，不想他笑自己大鄉里，也不想 Lily 以為他們真是去夜總會玩的人。

Lily 上班的麗池花園夜總會，就在北角七姊妹道海旁，距離英皇道還不遠，怪不得她住在這裏。

麗池夜總會在一九四七年九月七日開業，老闆是有「香港杜月笙」之稱的李裁法，麗池夜總會還舉行過好幾屆「香港小姐」選美。李蘭、鄧波兒、但茱迪、李湄等，也是這裏選出來的香港小姐。麗池不同於一般的舞廳、夜總會，它是與別不同的，它的收費也肯定是驚人的。

星站在麗池夜總會的門前，躊躇良久，不敢進去，他擔心自己帶的錢不夠，也擔心 Lily 出去了，花了錢卻見不着她，那豈不是賠了夫人又折兵？

夜總會門口有很多大花牌，其中有 Lily 相片的也有幾個，上面寫着什麼「藝海奇葩」、「美艷皇后」等，星看見她的照片，忽然就有勇氣進去了。

踏進夜總會，真有點眼花繚亂的感覺，到處擺放了紅的黃的假花，天花板上掛滿了水晶燈，樑柱上也滿是金色的雕鏤。剛走進去，就有侍者來帶他進座位。坐下來，看見金碧輝煌的舞台，上面有蝴蝶、蜜蜂、花瓣形的霓虹光管。

「先生，要喝點什麼？」侍應問。

「可口可樂吧！」

「先生想請哪一位小姐坐檯？」

「Lily。」

「Lily ？她今晚可忙哩！」

「不要緊，我等她，等多久也可以。」

「你等她？等久了怕你沒錢結賬哩！」

侍應心裏嘀咕着。

不久，侍應找來了 Lily 那一組的舞女大班。

「先生第一次來嗎？」

「是……是……」星答得結結巴巴的。

「你想找哪一位小姐坐檯？」

「Lily。」

「一定要 Lily 嗎？」

「一定。」

「我就是Lily的媽咪，Lily今晚很忙，我先陪你坐坐。」

星立即站起來欠欠身道：「原來是伯母。」

「伯母？」舞女大班打了個突，然後說：「先生你喜歡怎麼叫就怎麼叫吧！先生你知道這裏結賬的計法嗎？」

「不知道。」星如實說。

「這裏的計法是夜舞二元八角。」

這麼便宜！原來向榮是嚇唬他，星大大抒了一口氣。

舞女大班續説：「一開十二計算，每小時十二票，一小時就是三十三元六角。」

「什麼？一小時三十三元？」星聽得眼睛也突了出來。

大班沒理他，續説：「如果要帶出街就要買街鐘，起碼要買三個鐘，即是再給一百元零八角。」

「還還……還有嗎？」星囁嚅着問。

「當然囉，如果你要打賞『夾心餅乾』，那就多少隨意囉。」

「什麼是夾心餅乾？」

「夾心餅乾就是客人在舞票之外額外打賞囉，客人買舞票的錢是夜總會和舞小姐對分，還要納税。人客在舞票上夾上現金，私下打賞給舞小姐的，這些是小姐獨得的。」

大班説完上下打量着星，像在説：「你問來作什麼？你也不會有錢打賞夾心餅乾的了，瞧你這身打扮，充其量只是個闊佬的司機吧！」

星私下計算了好一陣，然後怯怯的跟舞女大班說：「我坐半小時行嗎？只坐半小時，不買出街鐘，不給夾心餅乾，半小時是十六元八角，行嗎？」

大班當下變了臉色，嚷：「我這麼跟你一談不已經半小時了嗎？況且這陣子 Lily 心情不好，闊佬大客也叫不到她來坐檯，她也不見得肯來坐你的檯。你這十六元，就當是來見識見識，跟媽咪我談談天算了，瞧你模樣兒還不差，該只二十來歲吧！下次不要來這裏花錢了，今晚就算陪陪『伯母』談天吧！」大班的態度也變得輕佻起來。

「我一定要見 Lily 的，請伯母告訴她我是在她樓下白花油廠打工的阿星，説不定她肯來見我？」

「這樣……她心情不好，一不合意就要挨她的罵唷！」大班為難地。

「伯母行行好吧！」

舞女大班被他左一聲「伯母」右一聲「伯母」，叫得心軟了進去找 Lily。

在阿星喝盡那杯可口可樂的時候，Lily 出來了。她今天穿了一條銀色珠片吊帶裙，鬈曲的頭髮，上面別了一隻銀色的蝴蝶。她的妝化得很濃，那不是日間在二樓見的 Lily，但卻另有一種魅惑。

「你叫阿榮還是阿星？」

「我叫劉星。」

「流星？那不是一閃即逝嗎？」她問，星不知道怎樣回答她。

「我也很希望看見流星，許一個願。」她續説。

「我陪你去看流星！」星説。

「你陪我去？」Lily 似笑非笑的看着他，「我雖然是個屬於黑夜的女人，但是黑夜並不屬於我。我的黑夜只是上班賣笑的開始，笑倦了，賣完了，我的黑夜也結束。」

「但還有明天。」

「明天？明天屬於那些少奶奶和小姐們的。來，我們跳個舞。」

Lily 拉起他，星忙説：「我不會跳的。」

「你只要跟着我亂跳就行，像走路一樣，我説一，二，三，四，你就跟着跳。」

星笨手笨腳地隨着 Lily 跳，Lily 湊近他耳邊説：「你看見那邊的紅燈、綠燈、白燈嗎？當舞池上的燈光亮起全部紅燈時，表示跳的是慢弧步，紅燈和白燈一起亮時，跳的是快弧步。亮綠色的燈時，代表樂隊奏慢華爾茲，綠燈和白燈一齊亮起時奏快華爾茲。紅燈和綠燈一齊亮起時，就是奏探戈舞。」

「我一種舞也不懂。」

「你貼近一點，隨我的身體動就行了。」Lily 主動把身體靠近他。

星感到她的身體很冷。

一隻舞完了以後，Lily 和星回座位，她問：「你要喝點什麼？我請你。」

星陪她喝了一杯白蘭地，Lily 坐下之後什麼也沒説，一口喝盡那一杯白蘭地。星知道舞女大班沒騙他，她今夜不開心。

星要走的時候，Lily 只肯收他十元，星卻堅持要放下三十元。

那一夜那一舞，是星和 Lily 跳的最後一舞；《檳城艷》，也是星聽到 Lily 唱的最後一首歌。

這天以後，星再沒有看見過 Lily，直至一天貴叔看到《銀燈日報》上登着：「麗池花園夜總會紅舞女 Lily 在北角碼頭跳海自殺身亡。」

然後，兩天之後，麗池的舞女大班哭哭啼啼的來到，看見阿星，先是一愕，然後，顯然是認出他來了。

「星少爺，是你。」

「伯母。」

舞女大班愕然道：「我叫 Lulu，是 Lily 那一組的大班，不是 Lily 的真媽咪，你叫我 Lulu 姐好了。」

「Lulu 姐。」

「Lily 死得好慘啊！她才二十六歲。星少爺，你幾歲？」

「二十四。」

「那她比你大兩年。我這是來替 Lily 執拾遺物的，Lily 沒有一個親人在身邊，她的父母兄弟全在內地。可憐，就是靠她一人擔起整頭家的。星少爺，你可以帶我去 Lily 的房間嗎？」

「可以。」

星帶了她到二樓，幫她開鎖，五嫂站在一旁説：「不怕她發死人財，偷 Lily 的值錢東西嗎？」

不知怎的，星相信 Lulu 不是這樣的人。

Lulu 進去，倒很有心機的替 Lily 執拾東西，還一邊説：「這些給她母親留念，這些給她妹妹還合用，這些變賣了寄錢回去給他們……」她執拾到 Lily 的梳妝檯，看見上面有一張紙，她不識字，遞給星看。紙上面寫着：「假如看得見流星，我會向它許願，但願我從沒來過香港，甚至沒有來過這世界，那我就不會對不起我的父母。」

星讀給 Lulu 聽，Lulu 哭起來，對星説起 Lily 自殺前的事。

麗池花園夜總會由五十年代開始舉辦香港小姐選舉，到一九五二年開始規模更大：大會跟「世界小姐」掛鈎，即選出來的香港小姐，可以到美國參加「世界小姐」競選，這次的香港小姐選舉，比以前認真、隆重多了。

Lily 説自從做了舞小姐之後，鄉裏的人一直看她不起，家裏人都不肯和她見面，如果這次選上了香港小姐，更可以去美國選世界小姐，那真是吐氣揚眉了。

麗池每次辦香港小姐，也先在自己夜總會裏選一個舞國皇后出來參加，而其實一九四六年 / 四七年的香港小姐亞軍也曾當過舞小姐。

麗池選舞國皇后，是評判評分與舞客投票各佔百分之五十的。結果是 Lily 在評判給分中得分最高，有三百七十一分，但由於另一個舞女 Nancy 在舞客買票中輕取了五百一十三分，就成了這一屆的舞國皇后，可以代表麗池參選香港小姐。

本來，這是大會容許買票，Lily 也怨不得什麼，但可恨的是原本答應替她買一百張票平反賽果的金公子，卻因為支持 Nancy 的張經理是公司的大客戶，而臨陣退縮，令 Lily 落敗。Lily 傷心，不只是落敗，更是金公子負了她。

Lulu 鼓勵 Lily 再用個人名義參選，但 Lily 一直鬱鬱不樂。Lily 本來很有機會當選的，她雖是舞小姐，但自己請洋人教師學英文，一九四七年她還在百樂門舞廳時，因為反對抽跳舞稅而引發的舞女大罷工，Lily 還被選為舞女代表，去跟洋人議員談判。

Lulu 哭訴完，繼續執拾 Lily 的梳妝檯，Lily 那個晚上戴的銀色蝴蝶髮夾還放在上面。

星說：「這可以給我作留念嗎？」

五、石硤尾火劫餘生

「阿華！阿華！這小子又偷懶躲到哪裏去了？」貴叔大歎。

「我剛才看見他在天井旁邊。」向榮說。

「這小子，整天就站在欄河邊看街上的女孩子！阿華，阿華……」

貴叔像貓捉老鼠似的將阿華拉回工作間，阿華嘀咕着：「看看女孩子有什麼大不了？吊頸也要透透氣啊！」

「你現在不是在吊頸，你在開工！」

「貴叔你已經有了老婆，當然不用看了，我阿華還是青頭仔哩！」阿華重新坐回工作崗位上，他拿起一張標貼紙，黏上漿糊，貼在樽上面。

「貴叔你就介紹一個女朋友給他吧！貴嬸工作的那間酒家的女孩子可多哩！」阿文説。

「貴叔不是住在石硤尾嗎？我聽説過石硤尾最多工廠之花的。」阿華説。

「酒家之花也好！我和阿華每人一個。」阿文説。

「你們不要煩着貴叔吧！」向榮説。

「貴叔，你不是有個女兒的嗎？」阿華問。

「哦！原來你垂涎貴叔的女兒！」阿南嚷。

「你的女兒多大了？我們這裏有五個寡佬，你就找一個做女婿吧！」

「我不錯是有個女兒，也已經十八歲了，長得也蠻清秀的，我就是怕她學壞，才不敢讓她去工廠做，現在只在家教教同村小孩功課。」貴叔説。

「原來還讀過書的哩！」阿南説。

「是啊！讀到中二。」貴叔説。

「你們別只管說，放慢了手腳啊！」五嫂嚷。

「是呀是呀！五嫂你有沒有女兒？現在多大了？」阿文問。

「我就只有那兩個兒子，貴叔將女兒嫁給我的大兒子阿炳好了。」五嫂說。

「五嫂你怎麼不幫忙還來跟我們爭！來，我們來掛個號，我阿華一號、阿文二號、阿南三號、向榮四號，阿星你要不要也掛上一號？」

阿星沒好氣地沒理睬他。Lily 死後，他幾乎沒說過一句話。

「我也不要掛號，我要娶個香港公主的。」向榮說。

「那你就在我們三個中挑一個吧！」阿華對貴叔說。

他們又閒扯了一陣才放工。這晚是平安夜，但廠裏頭沒有新派人，還是早早上牀睡了。

這晚貴叔有點心緒不寧，總感到家裏有事。今夜是平安夜，貴嫂工作的酒家一定有酒席，要很晚才回家，路上該沒事吧？落霞一個人在家，也該沒什麼問題，鄰居會照顧她。唯獨是這陣子風高物燥，他們住在木屋區的，夏天怕打風下雨，冬天怕乾燥招火，前星期馬仔坑才發生過火災來的。

五十年代的香港，自從有了木屋區以來，火災就與木屋區結下不解之緣。差不多每一個木屋區都鬧過火災，不同的只是大火、小火而已。

當時的木屋都是以易燃物料，例如鋅鐵、木材搭成的，材料和建造都簡陋，屋裏又常堆放柴枝、火水等易燃物品，稍為不慎就會燃燒起來，一發不可收拾。實在可以說是一年四季不平安，到了風高物燥的秋冬季節，更是一夕數驚。

除了荒地或山坡木屋區之外，另有一類是蓋搭在舊樓天台上的木屋，這類木屋也都是成行成市的一大片，各自構成一個大小不同的木屋區，所以也和荒地或山坡的木屋區一樣，居民都要日夜擔心火災。

貴叔最擔心的是大火，火一來，一家人連個藏身之所也沒有了，他住在工廠宿舍裏沒問題，妻女可就要無家可歸了，若要燒出個死傷，就更不堪設想了。

想着想着，他睡着了，直至聽到大力的槌門聲。

他睡的是下格牀，一翻身就跳下去，跑出去開門。

門一開，是鄰舍湯師奶，湯師奶大嚷：「不好了不好了！石硤尾大火了！貴叔你快點回去看，你們家沒有一個男人……」

貴叔馬上隨湯師奶回家，稍後顏先生知道，叫向榮、阿南去照應一下。

那是發生於一九五三年十二月二十四日晚的火災，正是聖誕前夕，一些人的狂歡之夜。九點鐘後不久，石硤尾寮屋區發生火警。雖然消防員努力灌救，但這一把無情火，還是熾烈地燒到第二天下午，將那一帶六條村的木屋完全燒成灰燼之後，才告熄滅，一夜間就產生了十多萬災民。

第二日，工廠中各人都為貴叔一家擔心。放工之後，各人都坐在廳中等消息，傍晚六點，貴叔終於回來了。

「顏先生……你救救我……」貴叔一進門來，看見顏先生就嚷。

「我的老婆燒死了，屋也燒光了，就剩下這個女兒，連住的地方也沒有了！」貴叔只是哭，他把跟在後面的落霞拉到顏先生面前，説：「來，給顏先生磕個頭。」

落霞跪了下來，什麼也沒説，淚水淌滿了整張臉。

「沒問題，沒問題，你就住在這裏的宿舍，跟五嫂、雲嬸住一間房吧！」顏先生拉落霞起來。

「顏先生請你讓她也在這裏打工吧！我們現在什麼也沒有了，也沒人照顧她。」

「可以可以，來來來，你們一定還沒吃飯，別哭了，來吃飯吧！」

原來大家因為擔心貴叔，也還沒吃飯。

五嫂拉着落霞，説：「沒事的，五嫂會照顧你。可憐的孩子，衣服都熏黑了，進房來我給你換一套，再出來吃飯。」

吃飯的時候，貴叔哽咽地告訴各人，起火的時候落霞很快逃了出來，但貴嫂剛下班回來，以為女兒在裏面，就不顧一切衝進火場，白白葬送了一條生命。

落霞咽不下飯，哭得淒涼，眾人忙安慰她。

自從落霞來了工廠，幾個男工沒這麼胡鬧了，他們再沒有講粗話，也似乎變得勤奮起來。

這個住家式工廠，有四間房一個大廳。顏先生與家人住兩間，其餘兩個房間各有三張碌架牀，供員工作宿舍。女的那間只住了三個人，雲嬸因為丈夫行船，所以索性住在這裏，五嫂因為家在新界，也住在宿舍，加上落霞，就是三個人住在一起。

落霞日常愛穿素色花布衫，但因着年輕又長得清秀，令工廠的男工為之神魂顛倒。男工們茶餘飯後及休息的時候，最常談到的話題就是她。

「貴叔你揀到了女婿沒有？記得最先登記的是我，而且阿星和阿榮是棄權的。」阿華對貴叔説。

「是啊，是啊，還有我和阿南，我們排名不分先後，你只管揀個最好的就行了。」阿文説。

「現在已不是盲婚啞嫁、父母之命的了，讓落霞自己挑吧！若是我替她揀，揀不好貴嫂會在黃泉之下怨我的。而且落霞還小嘛，才不用着急。」貴叔説。

「十八歲也不小的了，你也可叫落霞多留心，不是我五嫂偏幫這些小子，在這裏打工的幾個男工也是『好仔』來的。阿榮醒目又有前途，就是眼角高了些。阿星勤力又有責任感，不過就是沉默了些，不懂得『氹』女仔。阿華比較多口又『花弗』，不過心腸總是好的。阿文和落霞一樣是十八歲，雖然年紀小，但倒細心。阿南不錯是『木獨』了點，但勝在人緣好，有大志。這五個小子，我就當是自己的兒子一樣，兒子在阿媽眼中沒有不好的，你不賞臉給別人也賞臉給我五嫂，就從他們裏面挑一個吧！兒子們，你們也要向貴叔推銷一下自己，來表演你們的長處。」

幾個男工就落力表演唱歌、跳舞，貴叔看得只管笑。原來落霞在廚房洗碗時已聽見他們胡鬧，她抹乾手，就走到天井，幾個男工見到她竟害羞起來，不敢哼一聲。在四下無聲之中，落霞低頭走開，沒搭理他們。

那天晚上，她對父親説母親才逝世不久，請他不要再和其他人談她要嫁給誰的事了。

六、為他參選工展小姐

落霞表明心跡之後，眾男工正眼也不敢看她，阿華和阿文也再不敢胡鬧。

這件事，最擔心的是五嫂。

一次，落霞和五嫂吃完飯在廚房洗碗的時候，五嫂問：「落霞，你那晚説的是真的嗎？你真打算不嫁人？」

「就算要嫁現在來説也太早。」

「嚇了我一身汗，以為你真是不嫁哩！依我看，這些男工裏面阿星和阿榮是最好的，阿榮將來一定發達，阿星將來一定是好丈夫。」

「五嫂你懂看相的嗎？」落霞笑。

「不用懂看的，看他們平常的行事為人就知道。你呢？

你喜歡他倆哪一個多點？」

「我說過我喜歡他倆嗎？」

「我也是女人，女人的眼光我知道，不是阿榮就是阿星，難道會是阿文、阿華和阿南嗎？他們也不太差，就是不登樣，難登大雅，你是不會喜歡的，我看你的心頭也不低。」

「誰會喜歡他們三個，煩也煩死了。倒是星哥，總是不愛說話，好像有心事似的。」

「哦，原來是星哥。」五嫂恍然大悟似的，落霞的臉刷地紅了起來。

星這陣子還是那麼沉默，他本來已是不大喜歡說話的人，現在更是「嬲了一邨人」似的，大家也不大敢和他說話，直至這一天，工廠裏熱鬧得很。

「阿星阿星，快到宿舍去看，落霞像是鬼上身！」阿華煞有介事地說。

「鬼上身我不在行，你找五嫂去吧！」星沒好氣地說。

「五嫂已經去了，聽他們説，上身的好像是 Lily。」

「Lily ？」星三步併作兩步的跑去宿舍。

女工宿舍裏面，眾人看着落霞，落霞哭得厲害，五嫂用手夾着她的中指，厲聲問：「如果你真是 Lily，請你行行好放過落霞吧！你死時她還沒來，她不認識你，你不要搞她！」

阿星正想衝上前去跟 Lily 説話，卻聽見華叫嚷：「顏先生來了！」

原來他們吵醒了正在午睡的顏先生，顏先生聽聞是 Lily，他走進來，坐到落霞身旁，問：

「你是 Lily 小姐嗎？」

落霞顫抖着答：「是。」

星聽了大喜，他想是不是 Lily 回來找他？

顏先生對眾人説：「你們先出去，我跟她談談。」

眾人出去，星還是不肯離開，向榮拉他出去。

他問五嫂：「Lily 有沒有說過什麼？她是怎樣上落霞身的？」

五嫂說：「這幾天落霞也懨懨病病的，這樣的人最易被陰魂附身。貴叔看見落霞在房裏不停地哭，還胡言亂語，說看見一個鬈髮、穿綠色晨褸的女人走過來。貴叔跑來找我，我想那不是 Lily 嗎？落霞來的時候，Lily 已經死了，她從沒見過 Lily，她一定是見到她的鬼魂了。我就立即走上去用手指夾着她的中指，她還是一直在哭，什麼也沒說。還是顏先生有正氣，連鬼也敬他三分。」

星沒再聽下去，他失望極了，Lily 沒有提到他。他走出女工宿舍，在門外守候。

最後，顏先生扶着虛弱的落霞出來，他叫貴叔讓她多休息。

這之後落霞大病了幾天，照顧她的，除了五嫂，還有阿星，阿星一下班就候在女工宿舍外面，幫五嫂拿粥、洗毛巾。

五嫂告訴落霞：「這叫患難見真情，阿星是真的關心你的。」

落霞病癒之後，星跟她的話多了，常問候她，他對她是特別的，因為他對其他人還是不大理睬。

一年一度的工展會快來了，白花油廠今年是第一次參加工展會，工展會的重頭戲是工展小姐選舉，工人們在商量要落霞去參加工展小姐選擇，連顏先生也鼓勵她參加，但是落霞猶豫不決。

這天晚上，落霞走近正在天井乘涼的阿星，問他：「星哥，你認為我好不好去參加工展小姐選舉？」

星一聽説要參加選美，就怒從心上起，Lily 正是因為這些什麼小姐選舉而死的，是這些選舉害了她。他大聲道：

「為什麼你這麼貪慕虛榮，這些什麼小姐選來作甚！」

説完就一聲不響走了，落霞從沒見過他發這麼大脾氣，她回房間將這些委屈告訴五嫂。

五嫂説：「他還不是因為緊張你，怕你選中了工展小姐，給那些公子少爺搶了去！」

「我才不會喜歡什麼公子少爺，那我決定不參加了。」

知道落霞的決定，大家也很失望，只有阿星一個人感到雀躍，他覺得自己救了落霞一命，就像替 Lily 做了好事一般。

這陣子天氣涼，身子弱的落霞又害了病。她病了，星更常在她身邊打轉。她精神稍為好一點的時候，對星說：

「星哥，我病了這幾天很悶，你帶我出去走走可以嗎？」

「好呀！反正今天是星期六，我去找阿榮借公司車，載你去遊車河。」

落霞高興極了。星借了車，但堅持要傍晚才去，他說遊完車河可以到避風塘吃海鮮。

落霞想：這也就是他們的第一次約會吧！

落霞偷了五嫂的胭脂水粉，往充滿病容的臉上抹，星見了她，說：「你化了妝很漂亮，有點像一個人。」

「像誰？」落霞問，星沒答。

星載了落霞出去，落霞吹了風，一路上嘔吐大作，辛苦得死去活來。星在想：五嫂說那次 Lily 上落霞身時，她也是差不多模樣的。

星把車停在北角碼頭，讓落霞休息，落霞休息了一會，忽然說：「星，我想看流星。」

「流星？」星聽了喜極地搖着落霞：「Lily 真是你，我就知道你一定會再上落霞身跟我説話的，那回一定是因為人太多，你不方便對我說。我等你來，等了個多月了！」

落霞的臉上雖然搽多了胭脂水粉，但仍遮掩不住一陣紅一陣白。

星見狀說：「Lily 你不要走，我陪你今夜在這裏看流星許願，你許個好的願望，這回一定會達成的。」

「我但願此生也不要再見到你！」落霞推門下車，星拉着她，嚷：「Lily，你不要走！」

落霞揮開他的手，厲聲說：「我不是 Lily，也沒有鬼上身，那我可以走了吧！」

星放開她，望着她的背影遠去。

那夜，落霞走路回宿舍，回去之後，病更加劇了，眾人都罵星不該讓她一個人走路回來。

這次之後，落霞沒有跟星講一句話，星一來她就走開，吃飯的時候，她也不肯坐在星身旁，早晚見到他也裝作看不見。還有，那天之後，她告訴每一個人她要參加工展小姐選舉，而且一定要選中，將來嫁個富家公子。

七、我們的慈善皇后

三十年代初，日本已顯露侵略中國的野心，一九三一年在中國東三省發生「九一八」事件。本港廠家與知識分子都認為不應再購買日貨、西洋貨，應該購買國貨，以顯示愛國心。於是，一九三三年假中環先施公司天台的露天茶座，舉辦第一次國貨展覽，為期五天，有七十多家廠商參加，參觀人數踴躍。

舉辦這次展覽的主要目的，是提倡「中國人用中國貨」的口號，含有濃厚民族主義成分。由於反應良好，遂興起了舉辦工展會的概念，終於在一九三八年舉辦了第一屆工展會，以後每年都舉辦，直至一九四一年香港淪陷而停止，到一九四八年才復辦，並由港督葛亮洪爵士主持開幕儀式，參觀人數有四十多萬。以後每屆均由港督主持揭幕，可見受重視程度。

一九五三年的工展會，是在尖沙咀近碼頭一帶舉行的，白花油是第一年參加，但顏老闆深懂工展會是宣傳的好機會，所以一早佔了好位置，建了一個宏偉而又金碧輝煌的攤位。這一年工展會的入場人數是一百萬人，而當時香港的人口只有四百萬人，即有四分一人參加。

星這是第一回去工展會，會場真如電台廣告中説的：「美侖美奂的大門，人山人海，有各種陳列室，令人感到香港工業有無限光芒。」

全場分為幾個展區，一共有二十多條街，星真是大鄉里出城，他要了解香港的工業，所以逐條街去看。

第一行有安樂汽水、甄沾記、嘉頓麪包、安樂園雪糕、淘大食品、同珍醬油等；第二行就是白花油、先施公司、虎標萬金油、宏興鷓鴣菜、梁蘇記等。

阿華和阿文走過來，華説：「正想買幾件新恤衫，這裏有利工民、鱷魚恤、依人恤和槍牌恤的攤位，不知買哪一個牌子好？」

文説：「每一個攤檔也大減價呢！趁現在未開檔，我們每一檔格格價啊！」

華説：「阿星，你去嗎？」

「我不去了，我回攤位看有什麼可幫手的。」

星走近檔口，落霞看見他立即走開，待星走到一旁搬貨，她才折回來。

向榮問她：「緊張嗎？真要參選工展小姐了哩！」

落霞點點頭，又搖搖頭，然後問：「我也不知道是怎麼選的。」

向榮解釋：「參展攤位先會自行選出一個代表，標準是樣子漂亮、口齒伶俐。她們在向顧客努力推銷產品的同時，亦要進行拉票。每一張入場券的票尾可作投票用，顧客可把票尾放進屬意的候選者設在攤位的投票箱內。工展會將近結束時，會進行點票，得票最多的就是冠軍。」

「選中的冠亞軍還可以到電影公司試鏡呢！所以參加的女孩子一年比一年多。」五嫂說。

「其實選美這玩意有什麼好參加的！只有貪慕虛榮的女孩子才去。」星忍不住插嘴。

落霞臉色一沉，一聲不響的又跑開了。

星看着她走開，有點不樂，這時貴叔叫他：「星，拿多些暖水壺出來，一會兒人多就拿不到了。」

五嫂説：「我們賣藥油送暖水壺，今年的生意一定好極了。」

攤位預備到差不多，參觀者進場了，遊人愈來愈多，真是萬人空巷。

眾人忙得透不過氣，星常常聽到「XXX 小朋友的家長，請到大門口。」

「為什麼這麼多人來工展會的？」星問。

「當然啦，入場費才三毫子，又有贈品又有抽獎，賣的東西又平。」華説。

「還有，工展會的這個月又聖誕又新年，正是買東西的旺季。」文説。

「當然啦！還有明星看呢！」向榮説。

「有明星看？」文和華立即起哄。

「顏先生午飯之後會帶任劍輝、白雪仙來攤位坐，待會兒一定插針不入。」向榮説。

「任姐真的要來？」五嬸好興奮。

「你們看，《銀燈日報》、《新星日報》的記者來了。」向榮説着忙走去招呼他們。

「顏先生真懂賣廣告。」貴叔説。

第一天的工展會，終於在大家筋疲力盡之下結束了。往後的幾天，大家忙於賣東西、送贈品、招呼明星老倌，還要為落霞拉票。落霞卻沒有為自己拉票，還有另一個從不拉票的人是星，他還常常把要來投票的人趕開去。

落霞像一點也不關心賽果，這個星期天有工展小姐的天才表演，她要表演唱歌，但她卻沒有練上一晚半晚，反而晚上在收檔後還往外跑。

貴叔在等門，落霞回來時，他忙追問她去了哪兒，落霞説：

「前幾天報紙説大坑東木屋區大火的災民，至今還是流離失所，現在天氣這麼凍，我拿些寒衣和被給他們，又拿些熱東西給他們吃。」

大夥兒正在大廳裏吃腐竹糖水，聽見落霞的話，也停了口，說要把糖水拿去給災民吃。

接連幾天，星也有到附近收集寒衣，隨落霞他們去，落霞做好事做得開心，跟每一個人也談笑風生，就是不理他。

落霞日夜勞累，到要表演那天有點咳嗽。在星期日天才表演的時候，向榮在台下陪她等，星也悄悄站在一邊看。落霞自小有哮喘病，心情一緊張哮喘就來了，這下子突然臉色轉青，喘起氣來，看得在旁的向榮和星手足無措。

星突然想到辦法，就跑回檔口，拿了一瓶白花油來，立即給落霞搽鼻子、額頭，還把油在手掌擦熱，搽在她的手心。他還給落霞吃了幾滴，落霞吃了皺眉，他又忙去拿暖開水。

一會，落霞停了喘氣，臉色也好轉了。她勉強可以上台唱歌，但不大唱得出水準。

「你怎知道白花油可以治哮喘？」向榮問他。

「我整天研究白花油成分和療效的。」星說。

向榮豎起大拇指來。

這個星期過去，第二次天才表演的時候，星又拿着白花油站在落霞身邊，落霞臉色不好，他也緊張起來。

「沒事嗎？」他關切地問。

落霞咬一下嘴唇，搖搖頭，說：「上一回謝謝你。」

星說：「不用謝。」

「這一次不用麻煩你了，你回去幫手吧！」

星搖搖頭，沒走開。

落霞說：「你的幫忙，及不上你給我的傷害；你的關心，彌補不了你令我受的傷。我永遠不能忘記，我最緊張你的時候，你腦裏想着的並不是我。」

淚水從她的眼角滴下。

「這種傷和痛，藥油治不了。」她說。

星無言以對。

落霞拭去淚水，該輪到她上台了。

向榮拍拍星的肩膊，原來他剛才站在附近，聽見落霞的話，他對星說：

「如果我想補償對一個人的傷害，我會用十倍的關心和誠意來償。當然，那個人要是我真正在乎的。」

這次之後，星還是每次在天才表演時站在落霞旁邊，每晚陪她去送寒衣、送糖水。

工展會小姐宣佈結果的時候，落霞站在台上顫抖，星站在台下看着她，那關切的目光，在千千萬萬人中她可以辨認出來。

然後，司儀宣佈點票結果，落霞三甲不入，她在抒一口氣時看見星失望的眼神。

大家都很失望，向榮開解他們：「這個比賽是常有人買票的，財雄勢大的公司想他們的工展小姐勝出，就買一千幾百張入場券投票，他們就自然贏了。我們沒買票，我們輸的光榮。」

工展會結束了，顏先生給全部工人放假的那天，有兩個《銀燈日報》的記者來採訪落霞。

落霞驚訝：「我又沒選中工展小姐，為什麼來採訪我？」

「我們見過你每天工展會之後，還去救濟大坑東的火災災民，所以來採訪你。」

第二天，《銀燈日報》的頭條是：工展會中的慈善皇后李落霞。

「都説是善有善報的。」五嫂欣慰。

「落霞今次可出名了，説不定要去拍戲做大明星。」雲嬸説。

顏先生聽到這消息也讚賞落霞，他説：「落霞就是我們今年的白花油慈善皇后，我要向報界朋友宣佈這件事。」

「顏先生，我這樣做不是為要出名的。」落霞説。

「我知道，但將這種善心宣揚開去，令更多人發善心做善事不是更好嗎？我還要設立一個白花油慈善會，市民只要每個月買一支大號或二號的白花油，就可以自動成為會員，一齊去做善事。會員福利是凡購買白花油，也可以有九折，而且他們百年歸老後，這個會會發帛金給家屬。」

一眾工人也舉手舉腳贊成。

這一晚，大家太累了，也提早上牀休息。落霞卻悄悄拿着暖壺推門出去，關門時，看見星在後面。

「我替你送去吧！」

落霞搖頭，說：「我應承了一個婆婆今晚替她搽白花油的。」

「我送你去。」星說。

一路上，兩人也沉默。坐渡輪的時候，星問：「每晚也去這麼遠，你不累嗎？」

「我家也被燒過，我明白他們的心情，我照顧他們，感覺報答了媽媽。」她哽咽，「有時候，痛苦是自己經過了才知道。」

星說：「我就是因為別人嚐過了選美、貪慕虛榮的惡果，才勸你不要去參加的。」

他對落霞說了 Lily 的故事，落霞黯然。

「如果真正喜歡一個人，不會在她死了之後立即喜歡上別人的，如果我是這樣的人，你也會看不起我的，是嗎？」

落霞看着星，良久才問：「你現在不會還希望我鬼上身吧？」

「我已經學會了驅鬼。」星說。

八、他喜歡薄荷冰

「榮哥榮哥！」大清早起來，星就在大廳等待向榮。

「你為什麼起得這麼早？」向榮問。

「怕你出去了嘛！」星說。

「有什麼事嗎？」

「想跟你出去見見世面。」

「前次不是帶過你去香港仔避風塘、新界和美芳戲院嗎？」

「前次是走馬看花，我想出去多交際，原來人面廣一點，搞好關係真是很重要的。像白花油一樣，光靠藥油好是不行的，要有人識才會有人用。你看工展會我們建的攤位又大又輝煌，來的伶人明星又多，宣傳起來真是事半功倍的。」

「交際不錯是重要，但這種厚臉皮的事你做得來嗎？」

星笑説：「向榮是君子不念舊惡，何況我現在不是鄉下仔了，帶我出去一定不會令你丟臉，我已經學會了二十六個英文字母，我唸給你聽：ABCDEFGHIJ……」

向榮也笑道：「行了行了。」

「V 老篤眼藥水的字母是 V 字，在 U 後面，W 前面，還有跟人説早晨是Good morning，晚安是Good night。」

「你這是跟誰學的？」向榮問。

「跟落霞學的。」

「好好好，算你及格了，反正我現在去片場送藥油，你跟我一起去吧！」

向榮帶星到了大觀片場，這時正在拍新馬師曾和鄧寄塵的《傻人有傻福》。

向榮去派藥油，星自己在片場到處鑽。星忽然大喜對向榮説：「那個不是新馬仔嗎？他是我的偶像，你來給我介紹，我想跟他説幾句話。」

「他才沒空跟你説，他們現在拍的是『七日鮮』，趕得很呀！」

「什麼是『七日鮮』？」星問。

「這是指電影界中一些粗製濫造的風氣，『撈』氣很重。一般比較認真的電影製作，大概要十五至二十日，但由於獨立電影公司盛行，很多人用三數千元就去開拍電影，當時租片場以每天計算，有些製片家為了賺更多錢，減輕成本，往往花七天時間不到便完成一部影片，所以有一句口頭禪──『七日鮮』。

「聽行內人説，曾經有製片人找新馬師曾拍一部電影，只用了兩天，原因是在這兩天之內全拍了他的正面鏡頭，其餘則找替身代替。

「他差不多每天一日三組戲，每一組五個鐘，導演、佈景、人腳全部都準備好，他一到場便開工了。拍五個鐘頭，不能過時，第二組緊接。你試想，他哪有空跟你聊天？」

片場對星來説什麼都是新鮮的，他到處亂鑽，向榮差點找不到他。

往後，星一放假便自己往片場裏鑽，鑽到累了，回到宿舍像堆爛泥。

落霞問他：「你常常鑽片場學到什麼？」

「原來要認識那些明星大老倌是那麼難的，做他們跟班並不容易。」星埋怨。

「你的性格不像向榮，你不適合交際應酬，你的性格太直了。」落霞説。

「那我適合做什麼？難道叫我回鄉下耕田嗎？」

落霞想了想説：「你這麼喜歡研究學習，你就去研究一下藥油吧！」

「研究薄荷冰和樟腦？」

「不只白花油，其他藥油、成藥你也可以研究，知己知彼，百戰百勝嘛！説不定有一天你可以幫顏先生改良白花油，甚至管理生產！」

星聽着、想着，顯得滿肚密圈。

往後，星一放工就躲在宿舍裏研究流行成藥，他把買來的成藥放滿了他半張牀。

落霞悄悄走進來，嚇了星一跳。

「真的那麼勤力！」落霞説。

「嗯！不信你可以考考我。」

落霞拿起星牀上的成藥，真的考起他來。

「虎標萬金油的包裝是怎樣的？」

「盒是紅色的大小，藥膏是啡色的，街坊説它醫牙痛也行。」

「斧標驅風油是哪一間藥行的？」

「均隆藥行。」

「何濟公是什麼藥？」

「止痛藥，收音機常唱：何濟公，止痛唔使五分鐘。」

「檸檬精呢？」

「治頭痛發燒。」

「盒仔茶？」

「醫傷風感冒，要用三碗水煎成一碗。」

「川貝枇杷膏呢？」

「止咳！潤喉。」

「保濟丸？」

「痾嘔肚痛，四時感冒，保濟丸，保濟丸，一樽搞掂晒。」星唱起來。

「六神丸？」

「治頭痛、喉嚨痛、發燒，但最好不要弄倒了，細細粒，隨時拾不到。」

「鷓鴣菜？」

「主治小兒生蟲生癪。」

「好了。劉星先生，你可以畢業了。」落霞鼓掌。

「我不止研究過這些成藥，還到過幾間藥廠參觀，發現自動化生產將會是大趨勢。」

「自動化生產？」

「是啊！我們現在用人手磅油，敲碎樟腦等材料，再用酒埕來入油、混油，倒出來裝在洗臉盆裏，然後用針管吸進去，注進油樽，之後封蓋、貼標貼、入盒、入箱，這一切工序，是很浪費人力和時間的，如果我們引入自動化，就可以省回大量人力。我看得出因為宣傳得法，白花油以後的銷量會愈來愈多，到時要大量增聘人手就浪費金錢了。不如早點自動化、機械化，就可以應付將來的市場需要了。」

落霞眼睛瞪得大大的看着他，她開始崇拜他，她拉着他走出去，説：「來，我們去跟顏先生説。」

顏先生很耐心聽完星的話，點頭説：「你分析得很正確，自動化生產是大勢所趨，我也十分贊成。這樣吧！我選派你下班後去接受訓練，你受訓完回來，就可以在我們工廠實行自動化了，我們將會搬到電器道一個較大的廠房，那邊可以放機器，到時，我將工廠交給你打理吧！」

落霞和星第二朝一早開開心心地將這個消息告訴大家，豈料大家的反應很冷淡。

「自動化？那不是不用人手、不用請工人了嗎？」五嫂説。

「真是吃裏爬外，誰教曉你混油、入油的？現在倒過來，教曉徒弟沒師父了，什麼自動化，那到時我這老骨頭就要自動消失了吧！」貴叔怒道。

「這個鄉下仔才來了兩三年，就水鬼升城隍了，現在要來趕走我們了！」阿華説。

「你用自動化來裁員減人手，這樣會為老闆打算，將來可以做廠長了吧！那我向榮也不用幹了囉！」向榮斥責。

「那怎辦，我們不是沒工做了嗎？」雲嬸説。

一時間羣情洶湧，槍頭都是朝向星。

這時，顏先生起牀出來了，他看見羣情洶湧，向大家問明了原因，才解釋説：

「大家放心，我應承大家以後絕不會解僱員工，香港白花油是大家和我一齊捱出來的，我不會忘了大家，自動化是好事，將來產品需求愈來愈大，不自動化也不行，但自動化只可以做到處理原料、混油、入樽等步驟，因為白花油的樽身較特別，不是圓的也不是方的，不可以用機器貼招紙、包裝，這方面還要用人手，而且推廣還要靠大家。以後實行了自動化，阿星做了廠長，向榮可以做營業經理，帶阿華、阿南和阿文穿着西裝去做推廣。貴叔可以做管工，五嫂、雲嬸可以一齊來做伙頭大將軍。」

眾人聽顏先生一説，立即轉憂為喜，都鼓起掌來。

「那我呢？顏先生？」落霞問。

「你？你問阿星吧！」顏先生説。

落霞低下頭，臉紅得厲害。

九、窄巷中看流星

這幾天以來星因為積勞成疾，病倒了兩天，睡在牀上懨懨悶悶的，工友見他患病，也沒叫他起來開工。他起牀時已接近傍晚了，走到廳外、天井，一個人也沒有，應是還未下班回來吧！

他喝了口水，隨手扭開收音機，播音員報道：

「九龍今日發生騷亂，起因為李鄭屋邨徙置大廈，該徙置區曾接獲訓令，對居民所欲懸掛之任何旗幟，將不表反對，惟對在外牆張貼旗幟，以致損害該建築物之觀瞻者，則予以反對。此舉是依照往年所採取之程序。今日上午十一時三十分左右，有一名華籍徙置區督察，以職責所在，遂將貼於該等建築物之若干旗幟除去，於是引起爭執，警員隨即被召到場。當時結集之羣眾，約有五百人，警員以羣眾之情緒尚佳，故僅對局勢予以注視，並未採取進一步行動。

「在將近下午二時之前，聚集之羣眾，已增至千人左右。警方亦發通知加派人員到場。當在場負責之助理警司正向羣眾排解之際，有若干人從人羣中跑出，進入其中一間大廈地下之徙置區辦事處內，向室內兩名華籍職員襲擊。惟該兩人已被警方救回。

「約在同一時間，另有第三名華籍職員，從辦事處內奔出而為羣眾追逐，警員亦追前保護。在情況紛亂之際，另有一部分羣眾湧至辦事處內，將傢俬搬出，並放火將其焚燬。同時，羣眾中又有人用石頭及向附近一家商店奪取汽水瓶，投擲警員。到此階段警員立即使用少量催淚彈以驅散羣眾。此等措施，果然收效。結果並未鳴放一槍，羣眾即行散去。

「三時後不久，即恢復秩序，徙置事務處職員李民治受傷，此刻在醫院治療。此外，尚有六名警員及其他人士約五名，在事發時受傷，惟傷勢均不嚴重。」

星聽着震驚，幸好亂事已經平息。他喝完了水，又回去再睡一會。直到聽到人聲鼎沸，知道是工友們收工回來了。

他們圍在大廳中方桌旁，有的站着，有的坐着，你一言我一語：

「十點半時，羣眾已向青山道、大埔道和旺角擴展了。」

「聽説是因為救火車撞傷了人引起的。」

「那些羣眾搶商店，又燒起車來，像瘋了一般……」

「聽説嘉頓也被放火了，新中國、榮華茶樓、新生金舖、勝利商店、新中公司、大豐公司、周生生金舖也被搗亂了。」

「周生生？哪一間周生生？」

「就是南昌街那間！」

「那一間！落霞不是去了那一間買金器嗎？」大叫的是貴叔。

「咦！那怎辦？」向榮霍地站起身。

「我去找她！」貴叔嚷。

「你老人家不要去，我去吧！」星拿起外衣也嚷。

「你的病還未好，不能去，還是我去吧！」向榮説。

其他工友也嚷着要去，説人多好辦事。

「這麼多人去被人誤以為是暴民就糟了。」向榮説。

「那我和你一起去吧！我的病已好了八，九成了，情勢這樣，找落霞要緊呀！」星説。

向榮開了顏先生的車去，到了青山道，已看見火光處處，星説：

「我們分頭去找，你駕車兜圈轉轉吧！若聽見我的叫聲就開車來救吧！」

「好的，我也不會開遠的，你自己要小心，發生什麼事就躲起來。」

「行！」星下車去了。

他走到周生生金舖，鐵閘被撞開了，店內一切也被搗毀了，金飾被搶掠一空，落霞並不在這兒。

隔一條街的大豐公司也被破壞，還有人在外圍放火。

暴民又截停街上的汽車，把司機拉下車來打，又放火燒車，星為落霞擔心之餘，也為向榮擔心。

他轉入一條較靜的橫街中，有兩個男人迎面而來，一個說：「我剛才見到一個女孩子，躲到了那邊，樣子還不錯，我們去找她，不要給四哥他們奪了去。」

星悄悄尾隨他們，他們停在一輛白牌車前面，躲在車後面的，不就是落霞？

其中一個男人拉起她，說：「妹妹，不用怕，有我們保護你。」

另一個說：「是啊！你服侍我們兩個，總好過一會大夥兒來了，可能有十幾個哩！」

他們硬拉她的手，落霞瑟縮着哭叫。

星衝上前去，一拳揮在左邊的男人臉上，拉起落霞拔足就逃。跑呀跑的，約莫跑了三、四分鐘，他轉回頭看後面沒人追來，急忙把她拉進一條黑暗的窄巷中。

兩人蹲在黑漆漆的巷中，彷佛只看到對方眼中的一點點光芒，而那一點小光芒，因為恐懼，閃爍着。

「你不要不說話吧！死寂寂的好可怕，那些人不是說暴風雨前夕是寂靜的嗎？」落霞說。

「講話被他們聽見了，可不是好玩的。」

「那你靠近些來小聲點說嘛！」

星將身子靠近落霞一點，直至白恤衫衣袖貼着了落霞的圓點恤衫衣袖，因着這樣，兩人都略感到安全點。

「你說話嘛！」落霞說。

「天好黑啊！」

落霞仰首看天，漆黑的天空中有疏疏落落的一兩顆星。

「以前幫阿爸耕田的時候，我們種的木瓜樹收成前，常有人夜裏來偷瓜，阿爸阿媽和我就輪流睡在田上看守，我看的時候最多。躺在瓜田上，望見的星空也是這樣黑壓壓的。」

星在回憶裏想起來，「那時，偶然還會看見流星，我聽人說可以對流星許願，我許願以後不會有人來偷瓜，我就不用看守瓜田。」

「我也看見流星！」

「在哪裏？」星立即抬頭朝上看。

「在這裏。」落霞指着他，唯恐他看不見，指尖差點點碰到他的鼻尖上。

「那你要許什麼願？」

「我許願大家都平安無事，安居樂業！」

「這也是很好的願望啊！來，我們閉起眼睛來許願。」

「騙人，你根本沒閉上眼！」

「你怎麼知道？」

「我看見你眼睛裏的白色。」

「那好，現在合上眼睛。」

「我們祝願大家都平安無事，安居樂業！」兩人真的閉起眼睛來一齊說。

「你呢？夜晚令你想起什麼？」星問。

「夜晚？夜晚令我想起很不開心的事。五三年那一年平安夜，我在家裏等媽媽回來，媽工作的酒樓有客人開聯歡晚會，媽要工作得很晚。那夜媽説酒樓會送給客人每人一份聖誕禮物，派不完的職工也會拿到一份，她説一定會拿一份回來給我，我就不睡在等她。

「等到差不多睡着的時候，聽到外面大叫火燭，叫聲愈來愈大，爸在宿舍，家裏只有我一個人，我怕極了，慌忙執拾了一兩件東西跑到外面空地。

「鄰居二嬸看見我，説：『阿霞，怎麼你走出來了，你媽以為你還在屋裏，衝進去找你，拉也拉不住，現在火這麼大，很危險呀！』

「我立即跑回家裏，哪裏還有家？都燒成一片火海了，我要跑進去，阿爸在後面一把把我拉住。從此，我就沒再見到過媽媽了。」

落霞淚痕滿臉，星不懂怎樣安慰她。他遞給她一條手帕，落霞接過去拭淚水。

「如果我再看到流星，我會向它許願你以後也開開心心，不會再遇到不幸的事情。」

「謝謝你。」落霞擤一下鼻子，「其實夜晚也會帶給我一點開心的回憶的。小時候我們住天台木屋，我最喜歡聽雨水打在屋頂鋅鐵的聲音，叮叮咚咚的，像一首音樂。那時屋頂漏水，一下雨媽就慌忙拿水桶出來接雨水，屋頂的洞太多，水桶不夠，還要拿瓦煲、水勺、漱口杯……到處也有滴水聲，像是大戲裏打着小鼓、打着『喳喳』。有一個打風的晚上，我們幾家人的鋅鐵屋頂被風吹走了，我和幾家人的孩子齊跑到街上去拾，真好玩。」

「那時我最喜歡打風，因為打風不用上學，風太大了，家裏不安全，媽還會大破慳囊，帶我去公寓住一個晚上，那裏的彈弓牀真舒服！」她沉醉在回憶中。

「童年總是開心的，我小時候和一大班農家孩子在田裏跑來跑去，夜裏一齊到田邊捉田雞，也是很快樂的哩！」

落霞看着他，四目交投，彼此分享着兩人的過去；兩人的目光中，還透露出要分享彼此的未來。

「星，你還很掛念 Lily 嗎？」落霞突然問。

「沒……沒有呀！」提起 Lily，星結巴起來。

「你還想再見到她嗎？」

星沒點頭，也沒搖頭。

落霞突然抽搐了幾下，身體顫抖着，轉了聲音，說：「星，你不要掛念我了，你應該惜取眼前人。」

「Lily，Lily！」星搖動着落霞嚷，他的叫聲，召來了附近的一班暴民，落霞被搖醒定過神時，發現巷頭巷尾也有幾個兇神惡煞的人，向他們走近。

星用身體護着落霞，他準備暴民要是敢動她一下，他就跟他們拚命。

在這關頭，他倆聽見汽車響號聲，向榮在車裏嚷：「阿星、落霞，快上車！」

兩人不顧一切衝開人羣跳上車，向榮立即把車開動，但被幾個大漢擋着，暴民從四方八面向他們湧來。

「我們死定了。」向榮說。

「想不到連累了你。」星說。

「是我連累了你們才真！」落霞嗚咽。

暴民拍打着車窗，有兩個還拿着石頭，要向車頭玻璃砸去。

「慢着！」車後面有人喊。一個黑衣大漢站到前面來，說：「你們看，車後面有兩個印有白花油商標的咕喱，這一定是和興顏先生的車。」

「是他的車？」眾人探頭到車窗來看。

「是白花油的車就不要動了，顏先生做的善事多，我們不要砸了他的車。」

「讓他們走吧！」黑衣大漢說。

車前面的人散開了，向榮立即發動引擎。

車開了，走遠了，三人驚魂未定，一路上誰也沒說話，車到了香港區，還是向榮說第一句話：「今天的事情真多，回去跟工友們可以說一整個晚上了。」

「是呀！我們遇到的也真驚險！」落霞也說。

「是啊！還有，今個晚上還再見到 Lily，你猜她對我說什麼？」

落霞馬上掩住星的嘴，臉上發紅了。

星推開她的手，說：「怎麼不讓我說？」

「這種話，還是不要說。」落霞固執地說。

「哪一種話？她上了你的身後你怎知她說了什麼話？難道——難道那是你自己說的？」

落霞的臉一陣紅一陣白。星拉起她的手，按着她的中指說：「用法力看看你是 Lily 還是落霞。」

落霞想掙開，星怎也不肯放開她的手，二人一路雙手糾纏，直至回到宿舍，向榮坐在前面看着眼冤。

十、她和他的祝願

這天小雪又拉着爺爺到處鑽，只有七歲的小女孩已懂得貪靚，她最喜歡逛銅鑼灣，又拉爺爺跟她影貼紙相。

當他們路過電器道的時候，小雪問：「爺爺，你説的白花油藥廠是不是還在附近？」

小雪指着一個舊式的光管招牌，正被工人拆卸下來，招牌上面寫着「和興白花油」。

「就是這裏，就是這裏！」星激動的衝向前，「離開這裏幾十年，想不到現在它要拆了。」

他拉着小雪的小手説：「小雪，爺爺要上去看看。」

「好啊！」小雪答。

這幢舊式五層高樓宇，樓梯都殘舊不堪了，星正要往上走，一個裝修工人阻止他：「阿伯，這幢樓要拆了，上面已經沒人，你不要上去。」

「請你方便一下，我看看就走的，我從前是在這上面工廠打工的哩！」

「真奇怪，剛才那個阿伯也是這樣說，不知怎麼搞的。」裝修工人咕嚕說。

星走上樓梯，一邊走一邊叮囑小雪小心。

走到了二樓，星對小雪說：「小雪，你看，這裏就是從前白花油工廠的工場，我們就是在這裏製藥、混油、包裝入盒的。」

小雪也好奇地四處張望。

她問：「爺爺，那你住在哪裏？」

「上面，在上面……」星急步奔到四樓，彷彿怕走慢了這層樓就立即要被拆掉。

從前的男、女工宿舍，現在只剩下偌大的兩間空房，還有那個露台欄杆，星曾在這裏偷望 Lily，也常和落霞在這裏談心。憑欄思舊，彷彿還能嗅到當時混油時的薄荷和樟腦味。

「阿星！」突然後面有人叫他，他轉過身去。

「向榮哥！」

「星，想不到在這裏見到你。」向榮說。

星瞧向榮，還是那樣精神和爽朗，自己的白頭髮比他還多。

「你從新加坡回來度假嗎？」

「我結束了那邊的生意，不再做代理了，兒媳也陪我回來。是了，小雪，過來，叫向榮伯吧！」

小雪乖巧地叫：「向榮伯你好！」

「這是星雨的女兒吧？」

「是啊！她叫覓雪。」

「她的樣子真有點像落霞，五嫂說的不差。」向榮說。

星黯然：「是啊！現在落霞、貴叔、貴嬸，還有五嫂，他們可以在下面湊夠一桌麻將了。」

「想不到落霞這麼短命。」向榮慨歎。

「是啊！料不到在九龍大暴動時她沒事，在印尼排華暴亂時她卻逃不過，我和你也救不了她，她死時才三十八歲。」

「那她沒有福氣見到這個孫女了。」向榮説。

「是啊！但星雨説我見到小雪就像見到落霞，是上天差她來陪我的！你呢？你這些年來好像過得不錯。」

「我一直留在白花油打工，今年也差不多退休了。」

「聽説你還做了董事，分到股份哩！」

「你在新加坡做白花油的總代理，自己做老闆不更好嗎？」

「還是顏先生看得起哩！顏家這積善之家，現在白花油有這樣的發展，也是顏先生積下來的福。」

「是了，明天中午一起來我家吃飯吧！我約了阿文、阿華他們，和小雪一起來吧！」

「好啊！我也很久沒見他們了。」

小雪卻嚷着不依，她說：「爺爺，你先帶我和向榮伯去影貼紙相。」

小雪每遇見一個沒見過面的人，也要影一張貼紙相留念，星也拿她沒法。他們兩老一小，開開心心的去影了幾張貼紙相，小雪分給星和向榮每人一張。

翌日中午，星在向榮家再見到阿文、阿南和阿華，幾個人圍在一起敍舊。

「想不到還能見到你們，你們在白花油工作都幾十年了啊！」星說。

「是啊！顏先生應承過不解僱員工，果然這幾十年也沒有炒過一個工人魷魚。」阿華說。

「對啊！顏先生說自己也打過工，知道打工的苦處，他不想工人捱苦沒飯開。」阿南說。

「人都説富不過三代，白花油卻一代比一代發展得好。這都是顏先生積來的福。」阿文説。

「是啊！現在白花油在星馬、美國、加拿大、澳洲也有總代理哩！」阿華説。

「我們都老了，我們的時代都過去了，以前星説發展自動化，我們還緊張得不得了。現在油廠裏，全是進口歐美的先進設備和儀器，我去過參觀，真是大鄉里入城哩！」向榮説。

「有機會我也要去一趟參觀。」星説。

「吃飯了！」一個約莫五十多歲的女人叫喊，她不是傭人，正是向榮的太太艷芳，今天罕有地親自下廚。

「艷芳，來見見阿星！」向榮説。

「阿嫂真是風采不減當年，向榮，當年的工展小姐給你娶了去，不知令多少公子哥兒失望哩！」星説。

「嫁了向榮比嫁那些公子哥兒好得多。」艷芳笑説。

「是了，阿星，飯後我帶你去一個地方！」向榮説。

「去哪裏？」星說。

「一會去到了再告訴你！」向榮說。

向榮駕車把星和小雪載了去石硤尾的美荷樓，星問：「你載我們來這青年旅舍幹什麼？我們有地方住不用住旅舍啊！」

「我還是請這裏的工作人員為你介紹一下吧！」向榮說完，走進了美荷樓的辦公室，請了一位女工作人員出來。

女工作人員跟劉星和小雪打了招呼後，跟他們介紹：

「這裏是石硤尾邨第四十一座美荷樓，香港青年旅舍協會負責的活化古蹟項目。在二〇一三年美荷樓變身成一座青年旅舍，這裏還有一個生活館，展示石硤尾及深水埗區舊日居民的生活。

「於一九五三年十二月二十五日晚，石硤尾木屋區發生了史無前例的大火，造成三死五十一傷，並導致 58,203 人無家可歸，促使政府直接介入房屋供應，市政局成立『徙置事務緊急小組委員會』，一九五四年二月，在災場原址興建首批兩層高的『包寧平房』，以安置火災災民。

「一九五五年，政府決定有系統地推行徙置計劃，重點為興建多層徙置大廈，安置災民的石硤尾的兩層高平房相繼被拆卸，興建二十一座第一型徙置大廈取代，連同一九五四年興建的八座，成為全香港首批共二十九座的六至七層高的 H 型徙置大廈。

「從高處望下，樓宇像英文字母 H，每個單位面積均為一百二十平方呎，需容納五個成人，單位內無水電供應，僅在兩翼中央部分設有公共水龍頭、廁所及淋浴間，而兩端就是居住單位，所有單位入口均由長長公共走廊連接，晚間此公共空間充作居民乘涼和文娛耍樂用的長條騎樓。此外，部分分隔兩個單位的牆壁高處，設有長方形小孔作通風之用。最初，每戶月租為十元，另加一元水費。

「美荷樓是石硤尾邨首八座徙置大廈之一，原稱 H 座，一九七三年香港房屋委員會成立後將其改稱為石硤尾下邨第十五座。至一九八一年，該等大廈獲改建為具有獨立廚房及廁所的單位後，改為第四十一座及命名為美荷樓。

「在美荷樓地下和一樓撥出了共十四個一百二十呎單位，設立美荷樓生活館，面積逾四百平方米，用以展現四個原裝間隔住宅單位，包括分別兩間以五十年代為主題和兩間以七十年代為主題的舊有房屋，讓到訪者親身了解當時居民的生活水平及實際情況。美荷樓生活館亦重塑了舊時公共廁所、浴室、居民在走廊煮食、婦女以舊式腳踏衣車幫補家計的普遍情況。

「現在，請你們進生活館參觀一下吧！」

向榮、劉星和小雪隨工作人員進了生活館參觀，星想起了石硤尾大火，想起了當年一些讓他歷歷在目的情景。

發生於一九五三年十二月二十四日晚的火災，正是聖誕前夕，一些人的狂歡之夜。九點鐘後不久，石硤尾木屋區發生火警。一把無情火將那一帶六條邨的木屋完全燒成灰燼之後，一夜間就產生了十多萬災民。

第二日，工廠中各人都為貴叔一家擔心，傍晚六點，貴叔終於回來了。

「顏先生……你救救我……」貴叔一進門來，看見顏先生就嚷。

「我的老婆燒死了，屋也燒光了，就剩下這個女兒，連住的地方也沒有了！」貴叔只是哭，他把跟在後面的落霞拉到顏先生面前，說：「來，給顏先生磕個頭。」

落霞跪了下來，什麼也沒說，淚水淌滿了整張臉。

那是劉星第一次見到落霞。

*****

暴動那一夜，他和落霞兩人蹲在黑漆漆的巷中。

「天好黑啊！」落霞仰首看天，漆黑的天空中有疏疏落落的一兩顆星。

「我看見流星！」落霞說。

「在哪裏？」他抬頭往上看。

「在這裏。」落霞指着他，指尖差點點碰到他的鼻尖上。

「那你要許什麼願？」

「我祝願大家都平安無事，安居樂業！」

「這也是很好的願望啊！來，我們閉起眼睛來許願。」

「我們祝願大家都平安無事，安居樂業！」兩人真的閉起眼睛來一齊說。

「夜晚令你想起什麼？」他問落霞。

「夜晚？夜晚令我想起很不開心的事。一九五三年的平安夜，我在家裏等媽媽回來，媽工作的酒樓有客人開聯歡晚會，媽要工作得很晚。那夜媽說酒樓會送給客人每人一份聖誕禮物，派不完的職工也會拿到一份，她說一定會拿一份回來給我，我就不睡在等她。

「等到差不多睡着的時候，聽到外面大叫火燭，叫聲愈來愈大，爸在宿舍，家裏只有我一個人，我怕極了，慌忙執拾了一兩件東西跑到外面空地。

「鄰居二嬸看見我，說：『阿霞，怎麼你走出來了，你媽以為你還在屋裏，衝進去找你，拉也拉不住，現在火這麼大，很危險呀！』

「我立即跑回家裏，哪裏還有家？都燒成一片火海了，我要跑進去，阿爸在後面一把把我拉住。從此，我就沒再見到過媽媽了。」

落霞淚痕滿臉，他不懂怎樣安慰她，只好遞給她一條手帕，落霞接過去拭淚水。

「如果我再看到流星，我會向它許願你以後也開開心心，不會再遇到不幸的事情。」他對她說。

＊＊＊＊＊

落霞曾是當年的慈善皇后，大坑東木屋區大火的時候，在寒冬的晚上，她冒了哮喘復發的危險，拿些寒衣和被給流離失所的災民，又拿些熱東西給他們吃。

她說：「我家也被燒過，我明白他們的心情，我照顧他們，感覺報答了媽媽。有時候，痛苦是自己經過了才知道。」

歷經火劫的石硤尾建成了公共屋邨，現在又重建成可以讓居民安居的高樓大廈，她曾祝願大家都平安無事，安居樂業，這願望也許可達成了吧？